讓愛撒嬌的大姊姊教官養我，是不是太超過了？

amaetekuru toshiuekyokanni yashinattemoraunoha yarisugidesuka?

2

神里大和 Kamizato Yamato
插畫：小林ちさと Kobayashi Chisato

Kadokawa Fantastic Novels

彩頁、內文插圖／小林ちさと

【目錄】

序章　謎之大姊姊

浴室——理應是讓人享受片刻安寧的場所。

然而現況下我雖然身體泡在浴缸裡，卻無法得到一絲安寧。

原因在於——

「嗯～是不是有點窄？提爾覺得怎麼樣？」

——米亞教官自家的浴室中。

嘩啦水聲響起。我置身的浴缸中水波搖曳。那並非我挪動身體而激起的水波。

在同一個浴缸中，還有另一個人正享受著這缸熱水。

「嗳，提爾，如果你喜歡擠一點的感覺，我就更貼近一點吧？」

試探般如此提案的那人——並不是米亞教官。

「嗳，你說怎麼樣？」

教官出門工作了。

「不願意？」

眼前的女性——有一頭亮麗的黑髮。那頭剪短的黑髮雖然散發著幾許中性的氣息，

但是浴缸水面下的身軀輪廓美豔誘人。

容貌也美麗嬌憐，是個非常有魅力的大姊姊。

……然而，若要問這位大姊姊究竟是何方神聖——我答不上來。

簡而言之，我正和一位身分不明的大姊姊一起泡在浴缸裡——

「喂～提爾，我在叫你啊，你有沒有在聽我說話？」

不理會一頭霧水的我，烏黑秀髮的女性依然親暱地對我搭話。

（到底是什麼人……？）

我很確定自己的記憶中沒有這樣的熟人。

「嗚～提爾好冷淡～完全不陪我聊天耶。大姊姊好傷心……」

謎樣的女性先是假哭了幾聲，隨後又一臉不在乎般抬起臉。

「不過就連沉默的模樣都很帥氣，該說不愧是提爾吧。這種好男人卻對那個廢柴那樣迷戀，人世間的事還真難懂。」

……難懂的不是人世間，而是妳這個人本身。

（到底是為什麼……會變成這樣……）

我決定一五一十回顧事態演變至此的經歷——

第一章　艾爾特・克萊恩斯

「……還是老樣子，一下子就累了……」

早晨的帝都郊外——米亞教官自家門前。

自每天早上不能少的晨跑鍛鍊歸來後，我對自己的體力之差感到絕望。

實力弱化依舊持續。先前與覺醒復活的阿迦里亞瑞普特交戰時，我的傷勢明明已經完全痊癒了。儘管如此，就像是遭到詛咒般原因不明，我還是同樣虛弱。

只不過跑了兩公里膝蓋就抖個不停。這副德性還自稱要守護教官、要殲滅惡魔——

我真的能辦到嗎？

「振作起來啊。」

我自言自語的同時走進家中。

現在是太陽才剛升起的時間。

家中一片寂靜。教官大概還在睡吧。

不理會鍛鍊帶來的疲勞，我走進自己房間換上休閒服，前往廚房。

——幫傭。

在這個家中，這就是我的立場。

以完全復出為目標的同時，做好家事。

如果就連這點小事都辦不到，完全復出只不過是遙不可及的夢想，如果不想當幫傭，就請你乖乖讓我養吧——教官過去這麼告訴我。

我不想讓人養，也不想當小白臉。

所以擔任幫傭的我今天同樣也要做早餐。

「啊，小提早安。今天也起得很早呢。」

不久後，這句話從我背後傳來。

那聲音當然來自我的教官。

教官。米亞・塞繆爾——我心儀的女性。

我正要開口說早安，向她問候的時候——

「……！」

我轉頭看見教官臉龐的瞬間，不由得吃驚。

「教官……這究竟是……？」

教官的臉上貼著看似白色面具的玩意兒。遮住了那張寶貴的可愛臉龐，感覺有點滑稽。

「啊，你問這個喔。這是面膜。因為我也差不多到了該注意肌膚狀況的年紀了。於是把這個貼在臉上，睡了一整晚。」

該注意肌膚狀況的年齡。

雖然外表看起來青春洋溢，但教官今年已二十六歲。雖然步入了人稱年近三十的領域，但是和同年代的平均外貌相比，我想教官還是很年輕。

「面膜之類的，我覺得不用也沒關係耶。」

我不覺得教官有這個必要。

「聽你這樣說我是很高興，但不管什麼事，預防總是勝於治療。像這樣先做好對策，絕對不會白費工夫。哎，不過這張已經沒效用了。」

教官將面膜自臉上撕下。

顯露在眼前的臉龐依舊漂亮又可愛。也許是面膜的保濕效果帶來的影響，肌膚看起來比平常更光澤有彈性。

讓我不由得看得出神。

「哼哼～怎麼啦，小提？看呆了？」

「沒……沒有啦……」

被她一語道破，我連忙否認。

但是教官似乎早已看穿我的心境。

「愛怎麼看都隨便你啊。來呀，你最喜歡的小米米就在這裡喔。」

她倏地逼近我，把臉擺到我眼前。

揚起的嘴角帶著幾分頑童般的笑意。

「臉……臉太近了……」

「嗯嗯～？很靠近有什麼好傷腦筋的？能近距離觀賞我的臉，小提很開心；我也能近距離看著小提的臉，我也很開心，對彼此都只有好處吧？」

「在……在說什麼……」

到了這時，我也漸漸察覺教官的反應不太對勁。

「……教官，還沒睡醒嗎？」

「咦？我沒說什麼奇怪的話吧？先不說這些了，我還要更靠近小提喔。一早起來一定要補給提爾素才行。」

她似乎創造了某種未知的物質，但這並非太大的問題。

現在最重要的是——

「那我就馬上來開始補給提爾素了喔——看招！」

「等……等等！教官！可以不要一面抱著我一面把臉埋進我胸前嗎？」

「嗯～～來了！進來了！提爾素漸漸充滿了我的心靈……！」

教官滿臉幸福地自言自語，抬起眼睛看向我。

「啊～小提，謝謝你今天也充滿精神待在我身旁。有點汗水的味道，一定是剛剛出門鍛鍊去了吧？每天都這麼努力，真的好了不起～」

「沒……沒有這麼誇張啦……」

「沒這回事～非常了不起喔！不過每天都努力雖然很好，但也別太勉強自己，要不要和我一整天除了親熱之外什麼也不做？雖然今天有工作不行，之後找個時間……好嗎？不然乾脆讓我養也可以喔。」

「……！」

一句句意圖誘使我墮落的話語讓我心跳加速的同時，我感到不解。

……教官的情緒狀態顯然不正常。

剛睡醒的教官基本上很文靜。

況且就算不是剛睡醒，也不可能放縱到這個程度。

唯一的可能性只有教官喝醉酒的情況……

（——該不會……）

我的視線自然而然被教官剛才撕下的面膜給吸引。

該不會，那張面膜含有酒精成分……？

「教……教官……不好意思……」

我將鼻子湊近教官的臉。

「怎麼啦，小提？難不成想跟我親嘴？」

「……並不是。」

我化解教官的攻勢，將鼻子盡可能貼到教官臉龐附近——

（——果然是這樣……）

教官的臉頰傳來酒精的味道。

我這才回想起來，曾經聽說帝都女性之間正流行酒粕製成的面膜。

如果這就是將之貼在臉上一整晚的後果，我也能夠理解這狀況，不過……

（……傷腦筋了。）

我還是不懂如何應付酒醉時的教官。

因為主導權完全被她把持，我一點辦法也沒有……

「嗳，小提。我突然覺得越來越熱了。」

聲稱自己正在吸收提爾素的教官突然間開口這麼說。

「我把衣服脫掉，沒關係吧？」

「啥？」

「那個喔，真的好熱喔。一定是提爾素有興奮功效的關係。」

「不……我想單純只是因為教官醉了。」

再加上時節正值初夏，最近常常太陽一升起，氣溫便不斷攀升。

「沒這回事！都是小提令我瘋狂！」

教官用迷濛的雙眼盯著我，露出若有所求的眼神。

「你會負起責任吧？」

「責……責任……？」

「對啊。幫我散熱吧？」

「散熱……該……該不會是要我脫妳的衣服？」

「我不強求這麼多啦，但希望你至少幫忙把胸前的鈕釦解開。辦得到吧？」

教官稍稍歪過頭，捉弄人似的淺笑。

酒醉的教官還是老樣子，老是提出些亂來的要求。

「胸前鈕釦喔……」

教官現在身穿睡衣。她自稱因為覺得熱，要求我解開睡衣鈕釦，老實說這點小事自己來不就好了？不過考慮到我拒絕之後，爛醉的教官可能提出更過分的要求，也許現在答應這個要求會比較好。

「我……我知道了……」

我不情不願地點頭，伸手摸向睡衣鈕釦。

「……解開胸前這部分的就夠了吧？」

「如果小提想全部解開幫我脫光的話，就照你想的去做也可以喔。」

「我……我不會啦……」

「呵呵呵～害臊了好可愛！啊啊～好想養你喔～」

……雖然完全被她玩弄在股掌之間，但感覺倒也不差。反倒有種舒適的感受，會這樣想是不是我已經太習慣她了……

「那……那就……只解開胸前的鈕釦。」

我決定先解決當下的目標。我注意著避免觸碰教官那豐滿的胸部，只捏起睡衣的布料，著手解開鈕釦。

依序由上而下，一個接一個……

如此一一解開鈕釦後，理所當然地——胸前的深谷顯露在外。

肌膚細緻、白皙如雪的雙丘。深深凹陷的峽谷。

雖然我盡可能克制自己不去看，但是近在眼前的那部位就散發著勾引視線的妖異魅力。越是刻意挪開視線，注意力越是被吸引。

「哎呀，能感覺到色瞇瞇的視線耶。」

「對……對不起……」

「沒什麼關係啊。只被小提看到的話也沒必要在意……是吧？」

米亞教官說完，為了更加凸顯那道深溝而夾起雙臂。

我抵抗著那誘人的光景，同時解開第三個鈕釦。

這裡恐怕就是極限了。

再繼續下去，不該看見的部分想必會全部裸露吧。

而且裡面好像沒穿胸罩……

「……教官，到這裡就饒過我吧。」

「真是的，真拿你沒辦法。」

雖然語帶不滿地呢喃說著，教官教官並未責怪我。

「反正感覺也涼快一些了，就這樣吧。既然小提也算達成了目標，是不是該給一點獎勵呢？」

話才說完，教官已經把手伸向我的頭。

「好乖好乖～提爾真是乖孩子～好了不起～給教官養好不好～」

──摸摸頭。

百般溫柔地盡情撫摸著我的頭。

雖然有點不願承認，在害羞的同時──心情也隨之平靜。

因為我身為禁忌之子而從未體驗家庭溫暖，這招總是有奇效。

「哎呀呀，像隻小貓一樣閉起眼睛了呢……呵呵，真不像話。小提這種知名的強者像這樣任人擺布的情景要是讓社會大眾看見，大家會怎麼想呢？小提其實很愛撒嬌的事實，要不要我洩漏給報社？」

「請……請不要這樣……！」

「嗯～我考慮看看喔～」

她萬分愉悅地瞇起眼睛說：

「不過啊，我也對小提做了很多不能告訴人家的事，該說彼此彼此吧？一旦把小提的說出去，我的好像也會被公開，還是算了吧。」

「……還請教官打消主意。」

「話說的好像威脅你一樣，抱歉嘍。」

「不會……我不介意。」

「小提真是溫柔。不過也許只是對每個人都同樣溫柔？」

「這個嘛，也許……不是只對教官一個人溫柔。」

「哦，你承認喔？在這方面認真過頭，呵呵，真有意思。」

這反應是那個吧？只是在捉弄我而已吧？

「總之……請先喝點水。」

我準備了裝水的杯子。

「咦～為什麼？」

「為了解酒啊。」

「那杯該不會其實是酒？想讓我醉到不省人事對我上下其手？」

「只是普通的水！教官把我當成什麼了！」

「哎呀，溫柔的小提生氣了呢。」

「被人捉弄當然會生氣啊！廢話少說了，請先喝水。」

我將杯子塞到教官手中後，教官不情不願地點頭。

神色有些哀傷。

「我喝就是了……小提討厭酒醉時的我？」

「咦？不……不會，並沒有特別討厭。」

只是不知道怎麼應對而已。

「是這樣？或許其實很討厭？」

「我……我就說不討厭了！」

「真的嗎～？」

「真的！」

「哦～……哎，我就暫且相信吧。那麼平常狀態的我就拜託你照顧嘍♪」

酒醉的教官如此說完，開始大口大口地灌水。當然她也並非立刻就擺脫酒醉狀態，但迷濛的眼神漸漸地恢復原狀，看得出慢慢恢復了理智。雖然睡著時一直貼著酒粕面膜，但是酒精的效力到了早上也差不多該消褪了，所以其實也算不上爛醉吧。

好在不到五分鐘，教官就恢復至清醒狀態。

「……奇怪？白天了……？話說，為什麼我會在客廳……？」

「就教官的感覺上來說現在才真的醒來嗎？教官早安。」

「啊，小提，早安……該不會我因為酒粕面膜，剛才在酒醉狀態中醒來過……？」

「的確就是這樣。剛好現在教官酒醒了。」

「原來如此啊……嗯，酒粕面膜以後不能再用了。我原本以為應該沒關係，但是看來我對酒精還是完全不行……小提，有沒有給你帶來麻煩？」

「沒有，沒什麼問題。」

雖然剛才的她確實妖豔地想誘惑我，但那種程度還算輕微。要當成什麼事也沒發生過也無所謂。

「這樣啊。那就好。」

語畢，米亞教官突然間直盯著我的臉猛瞧。

緊接著，不知道為何突然間逕自滿臉發紅，挪開視線。

最近教官時常顯露這種態度……究竟是怎麼回事？

「那個……我的臉上有沾到什麼東西嗎？」

「不……不是。沒什麼……（我才沒有回想起那天趁小提睡覺時吻他臉頰……）」

「咦？」

「真……真的沒什麼！總之我先去把睡衣換掉！」

「啊，教官。早餐想吃什麼？我準備了一些淺漬，要吃嗎？」

「簽字……！」

「是淺漬！到底是怎麼聽錯的！」

「啊……啊啊！是淺漬喔。不錯啊。好啊，我要吃。」

「此外還有鱈魚（註：日文音近Kiss），不過現在才一大早，還是算了吧？」

「小……小提到底在說什麼啦！？怎、怎麼一大清早就想要……真是的，那樣實在不可以喔……（要等小提睡著之後才行……）」

「？也對，早上就吃鱈魚魚是太豐盛了些。不好意思。」

等到晚上再做成鹽烤魚吧。

在這之後，重整情緒用完早餐——

我來到庭院與教官徒手對打。這是我為了復出的復健鍛鍊，對教官則是工作前的暖身運動。可說是每天的功課。

徒手對打結束之後，我目送教官離家工作。

今天我沒有預定參與實戰，首先要完成幫傭該做的工作。

先是洗衣，然後清掃房間。

之後我出門前往孤兒院。照顧禁忌之子的工作基本上都託付給住在該處的夏洛涅，但夏洛涅本身也是葬擊士，工作時常忙不過來，離開孤兒院的時間其實不短。而我也絕非閒著沒事而無法時時照看他們，但每星期都會抽出幾天像這樣前去探視，今天就是其中一天。

「啊，是提爾哥哥！嘻嘻，今天是來看我們的日子？」

孤兒園位於比郊外的教官自家更加偏遠，位在可說是山腳下的位置。在我抵達孤兒院門前時，男孩子氣的黑髮少女注意到我的來訪，拔腿跑向我。

她是孤兒之一，名叫拉娜。拉娜轉身背對我，對著孤兒院的前院呼喊。

「大家來看！是提爾哥哥本人喔！很厲害吧！」

她的口吻像是炫耀般。

若是對孤兒院的夥伴們，語氣應該不會如此，有其他外來的客人在場嗎？

我感到疑問的同時看向庭院，發現有幾個陌生的孩子挾雜在孤兒院的孩子之間。看他們的眼睛都不是紅色……應該不是禁忌之子？

「拉娜，這些孩子是從哪來的？」

「告訴你喔，提爾哥哥！是附近村莊的小孩子喔！是最近變熟的！」

聽她說附近的村莊，我就明白了。那是個對禁忌之子寬容的友善村莊，有時也會好心贈送蔬菜給這座孤兒院。村中孩童和孤兒們能像這樣建立起友誼，也許本來就是遲早的事。

這時，村裡的孩子們喊著「好猛喔～！」，人人眼神綻放光采，聚集到我身邊。包

含拉娜在內的孤兒院孩子們雖然不是自己受到稱讚，但表情都像與有榮焉般。

「我就說吧！提爾哥哥很強的喔！我和這麼厲害的提爾哥哥是一家人，我也很厲害！就去大家說的那個地方，讓大家見識一下！」

拉娜說完，就帶著村裡的孩子們想走出孤兒院大門。

「喂，等一下。你們要去哪裡？」

「聽說村子附近有個不可以進去的洞窟！我們去看看！」

「打消這個主意。很危險吧。」

「沒事啦！操心過頭了！我們走嘍！提爾哥哥！」

拉娜和村裡孩童跑遠了。

「真的沒問題嗎？」

最大的特徵是個性內斂，年紀僅次於夏洛涅的年長孤兒米米來到我身旁，神情不安地低聲說：

「提爾哥，不好意思，雖然你才剛到，但是可以拜託你去看一下……嗎？」

「知道了。」

如此回應後，我決定追向拉娜一行人。

途中我順路進村一趟，為了蒐集情報了解為何村民說那個洞窟不得進入。

「那地方啊，躲藏著看不見的某種東西。」

正在農忙的老爺爺這麼告訴我。

「看不見的東西？」

「雖然不會跑出洞窟，但是有某種東西一直潛伏在洞窟裡頭。」

「所以不可以進去？」

「正是如此。但是你為何要這樣問？」

「因為孩子們跑去那裡了。」

「你說什麼！」

一直瞇著眼的老爺爺倏地睜大雙眼。看來事情非同小可。

看不見的某種東西藏身的洞窟。

不會現身於光天化日之下，喜好黑暗的「某種東西」。

（——該不會……）

如果那真是我想像中的存在，非得全速趕往現場才行。

「孩子們的安全可以交給我嗎？」

「當……當然好！就拜託你了！」

「在出發前，這些用來驅除害獸的爆竹，我可以拿去嗎？」

「可以啊，雖然不曉得你要拿去幹嘛，需要多少都拿去！」

老爺爺話還沒說完，我已經往洞窟的方向衝了過去。為了避免體力耗盡，奔跑時隨

時注意調整步調，最後在我抵達洞窟入口時——

「嗚哇啊啊啊啊啊啊啊！」

——有人影從洞窟中衝了出來。

是村裡的孩子們。

有的人嚎啕大哭，有的則是表情木然，他們一見到我便衝了上來。

看來他們幸運逃離危險了……——不對，拉娜不在他們之中。

「糟……糟糕了……！這裡真的不可以進去……！」

「拉娜怎麼了？」

「留……留在裡面，她為了讓我們逃走想戰鬥……！」

「太亂來了……！」

我二話不說衝進洞窟。

——潛伏於洞窟的傢伙。

如果我的預測正確，那一定是惡魔。

而且還是奇數翅種。

討厭亮光而喜好黑暗，看不見的惡魔。

個體名稱「影魔」——這種被分類為十一片翅膀的惡魔，擁有擬態為黑暗的能力。

如果不知道識破的手段，在這環境下只會束手無策遭到凌虐。

「——拉娜！」

前進了一段距離後，我看見拉娜被看不見的某種東西壓在地面上，無法動彈。

「提爾……哥哥……！」

拉娜痛苦地吶喊。現在壓住她的肯定就是影魔吧。

所以我從懷中取出了爆竹，用洞窟的山壁摩擦導線點火。

扔出爆竹。

「拉娜！手能動就摀住耳朵！」

我如此告知的下一個瞬間，爆竹炸裂了。刺耳的爆裂聲連環響起。因為是在洞窟內部，聲音不斷反射，就算塞住耳朵好像也會直灌腦中的爆炸聲迴盪著。

緊接著出現了變化。

塞住耳朵的拉娜身上出現了有如黑色猿猴的身影。

——是影魔沒錯。

喜好這種環境的影魔基本上視力衰弱，另一方面聽覺異樣發達。

因此弱點就是轟然巨響。當然光是轟鳴聲無法真正打倒影魔，但是目前的研究結果已知，當影魔的聽覺發生異常，之後便無法施展化身為黑暗的能力。

因此，接下來只要直接對原形畢露的本體下手就好。

我立刻衝上前去，拉近與影魔間的距離，朝著那張臉全力揮出拳頭。出拳角度近似

上鉤拳，影魔的身體向上暫時浮起，我接著朝那身軀賞了一記踢擊。

被踢飛的影魔撞上裸露的岩壁，我再次拉近距離，以落在一旁的樹枝代替短劍，朝著對方的眉心全力刺出。

「咕嗄啊啊啊啊啊啊啊啊啊啊啊啊啊啊啊啊啊……！」

難聽的臨死慘叫就是影魔最後留下的話語。

「打……打倒了……？」

「是啊。」

為了保險起見，我在點頭的同時，將樹枝也刺進心臟。

「這樣就能放心了。」

「——嗚嗚，好可怕……！」

拉娜倏地撲上來抱住了我。我撫摸著她的頭髮，但也輕敲了她的頭。

「所以我才叫妳不要進洞窟嘛。」

「……對不起。」

「哎，平安最重要。總之先出去吧。」

我帶著拉娜前往洞窟外。

村中孩童都在洞口外等我們，為我們的平安表示欣喜。

之後我和他們一起回到村莊，大概是因為老爺爺已經把消息傳開，村民們集合在廣場上。當他們一見到我們歸來，顯然都放心地鬆了一大口氣。

「——真的非常感謝您。多虧提爾閣下出手相助，村裡的孩子才能免於喪命。少年英雄、七翼怪童等等諸多名號實在名不虛傳啊。」

看似村長的老人，如此說完後對我垂下頭。

周遭的大人們雖然也不停向我道謝並大肆稱讚我，但我還是覺得有愧於眾人。

「不，責任在我們這邊。是這位拉娜領著村裡的孩子闖進洞窟，讓大家暴露在危險之中。這同時也是我的責任。非常抱歉。」

「快……快別這麼說。要追究誰有責任的話，村裡孩子不只告訴拉娜妹妹有那個洞窟的存在，之後還同意與她同行，我們村裡的孩子才有錯。總而言之，提爾閣下沒有任何不好，我反而希望您為那拯救了孩子們的身手感到自豪。」

「非常感謝您的諒解。」

「不會不會，提爾閣下真是品格高潔。你們幾個也要好好努力向提爾閣下看齊。」

村長對孩子們這麼說完，孩子們紛紛使勁點頭。

之後我再次受到村長鄭重表示謝意，離開村莊時，村長將意料之外的東西遞給我。

「帝都市內不久後就是天聖祭了吧？」

「是的，城鎮中已經漸漸掛上裝飾了。」

「聽起來真不錯。話說回來，提爾閣下，可以請您收下這個當作這次的謝禮嗎？」

村長語畢，將一柄收在鞘中的短刀遞給我。

「……這個是？」

「這是大名鼎鼎的『名匠』閣下親手打造的武器。」

聽了村長這麼說，我為此震驚。

「您說的『名匠』，該不會是艾爾特．克萊恩斯？」

不只是當代最高峰，甚至稱得上史上最高峰的鍛造工匠，就存在於現代。

其名號艾爾特．克萊恩斯廣為流傳，在大眾之間有相當高的評價，眾人懷著敬意以「名匠」稱呼之。

同時——也是和我有些緣分的人物。

「為何您手上會有『名匠』的短刀……」

「昨晚，我招待『名匠』閣下在這村子過夜。」

「招待？」

「聽本人所說，似乎是住家沒了。」

聽起來「名匠」本人似乎遭遇了莫大的不幸。

「所以我提供一個晚上的住宿。雖然今天早上『名匠』已經離開，但『名匠』將這柄短刀留給我當作謝禮。」

「請稍等一下。換句話說『名匠』之前住在這個村子裡？」

「短短一個晚上就是了。」

真教人羨慕。雖然有點緣分，但我從未直接與那人直接面對面。況且那人本來就是充滿謎團的人物，除了公開使用的名號之外，關於本人的詳細資訊一切都不明。

包含我在內，葬擊士只不過是一介兵卒，無從得知其真正身分。

「總而言之，因為有過這番因緣際會，才得到這柄短刀。」

「這麼貴重的東西交到我手上真的好嗎？」

「放在這種偏僻鄉村也無用武之地，還是讓少年英雄提爾閣下帶在身上，想必才是這柄短刀的福氣吧。」

「不過……」

「別客氣別客氣。好了，就快點收下吧。」

由於村長盛情難卻，我便收下了村長聲稱「名匠」親手打造的短刀。

「非常……謝謝您。」

「請別在意。」

「順帶一提，那位『名匠』確實是本人沒錯？」

「這個嘛，我無法斷定。只是聽到那人這麼說，無法證明那確實為真。不過，您只消把這柄短刀拔出鞘一看，就會明白那些疑問都是多餘。既然能打造這般神兵利器，那人想必真的是『名匠』本人吧。」

聽著村長這麼說，我便將短刀從鞘中拔出。

那確實是令人不禁看呆的優秀兵器。

「請問『名匠』是個什麼樣的人？」

「非常不好意思，這我不能說。畢竟本人不公開一切消息，我也不應該隨隨便便說出去。」

「這麼說也有道裡。那我就心懷感激收下了。」

「好的，還請好好珍惜。」

於是我得到了「名匠」打造的短刀，與拉娜一同離開村莊。

在這之後我到孤兒院短暫逗留後，回到教官家。

到家後，我將短刀擺在自己房間的架上。

「……是個什麼樣的人呢？」

我仔細打量著短刀，不禁低聲自言自語。

「名匠」——艾爾特．克萊恩斯。

連性別都不曉得的那人物，與我並非全然無關。

雖然不曾直接相見，但彼此有點關係。我曾透過葬擊士協會送出委託，央請「名匠」為我量身打造我專用的武器。雖然我一直覺得總有一天要親自為此答謝，但這心願至今似乎還沒機會實現。

儘管如此，總有一天還是要道謝——這麼想著的同時，我走向後院。從自己房間取來愛劍，持劍空揮當作鍛鍊。雖然我尚未取回足以重回劍士崗位的安定性，但正因如此為了不遺忘手感，我會像這樣揮舞愛劍。

而這對愛劍正是出自艾爾特・克萊恩斯之手的兵器。二刀流。一對雙劍。我專心揮舞這對與我一同闖過無數戰場的武器，維持手感。

在我結束了空揮練習，回到家中時——

「喂～有人在家嗎～？」

突如其來的訪客。

陌生的女性說話聲傳來，心中猜想著訪客身分的同時，我走向玄關。

於是——

「哦，提爾在家嘛！啊啊，太好了。看來沒有白跑這一趟。嘻嘻嘻。」

果真是一位陌生的女性。

而且長相十分標緻。與濡濕的鴉羽這字眼完全相符的烏黑短髮，以及與之相襯的秀麗容貌。修長的身軀穿著無袖的貼身衣物，以及高處工作員會穿的那種寬管長褲。

表情開朗，整個人充滿朝氣。看起來應該已經是成年人了，不過感覺還青春洋溢，年紀大概與教官相仿吧。

「話說回來，提爾還真的住在這裡啊。住起來感覺還可以？」

謎樣的大姊姊搭話時的態度彷彿我和她是舊識……偶爾也是會遇見這種人啦，因為我有點知名度，就擺出一副很熟的樣子找我攀談的人。

我不禁嘆息的同時，開口問道：

「先回答我，請問妳是哪位？」

「哎呀，你在意的是這件事喔？」

「見到陌生的訪客上門，任何人都會在意吧？」

「啊哈，也是有道理。不過，你不覺得我的身分不管是誰都不重要嗎？」

「不……我不覺得。」

「是喔是喔。唔嗯～看來提爾的個性比想像中古板？」

「我想絕大多數的人遇到不認識的對象，都會用這種態度對待就是了。」

「居然懂得一般人的正常對待，唔嗯唔嗯，提爾真是了不起♪」

看來是位態度我行我素，而且有些偏離常識的大姊姊。

這個人是怎樣？總覺得有點難相處。

「話說回來，提爾覺得如何？」

「……妳是指什麼？」

「我和米亞相比之下，誰比較優啊～我想問的是這個。」

「呃……為什麼有必要拿教官和妳相比？話說，妳該不會是教官的朋友之類的？」

「嘻嘻嘻，是的話你想怎樣？」

「我會請妳回去。教官現在不在家，麻煩日後找時間再度拜訪。」

「咦～我不太想要耶。」

她先是露出狡猾的笑容拒絕了我這句話——

「不好意思，打擾嘍。」

隨即逕自想走進屋內。

「等……等一下，這樣我很為難啦。」

「呀……你剛才趁著攔住我的時候偷摸我胸部吧！」

「我……我沒有摸！還有請妳回去！」

「我偏偏不回去！」

板起臉如此堅定宣言後，謎樣的大姊姊再度試圖闖進家中。

當然我再次嘗試攔阻——

「提爾，你先稍微安分一下喔。」

先是用那似曾相識的口吻這麼對我說，緊接著在我臉頰上——啾。

她把臉湊上來親了我的臉頰——咦？

（——……）

衝擊讓我腦袋中的時間暫停了一瞬間。

趁著這空檔，謎樣的大姊姊俐落地從我身旁溜進家中。

「嘻嘻嘻，這種親一下就會愣住的純情男孩，不可能攔住我的喲。」

「咕……！」

到底是想怎樣……──這個人到底是誰啊！

「──呼，讓我歇歇腳……啊，這張沙發軟綿綿的很不錯耶。」

我自震驚中恢復，走向客廳發現謎樣大姊姊悠哉地享受著沙發。

「那個……我很認真在問，請問妳是誰？」

「哎呀，表情好可怕。」

她依舊漫不在乎。

「不過啊，提爾，可以放心喔。我不是提爾的敵人。」

「我當時知道妳應該不是敵人……不過妳是未知的存在，我會有所警覺也是理所當然的反應吧？」

「對啊對啊。」

不在乎的輕聲呢喃難以想像出自當事人之口。隨後她靈光乍現般以拳擊掌。

「啊，對了。既然這樣，提爾要不要泡個澡？和我一起。」

「……啥？」

如果我的耳朵還正常，她剛才似乎邀我進浴室泡澡……

「聽我說，提爾，道理很簡單。因為提爾對我還不熟，才無法對我放下心防吧？既然這樣我們就坦誠相見，了解彼此就沒問題了！」

「不……只要妳告訴我名字，光是這樣我就能放下一定程度的心防了。」

「名字？討厭啦……提爾居然問女生的名字，好下流喔～」

「為什麼反應像是我在問妳的三圍啊！」

「我的三圍由上而下是八——」

「用不著講出來！」

「我現在就要用這雙手直接測量了，不要先講出答案——是這個意思？」

「不是！」

啊啊，真是夠了！這個人到底是怎樣！我行我素也要有點分寸！

「別激動嘛。話說回來，提爾要不要早點一起泡澡？」

「我……我拒絕。」

「為什麼？」

「……就常識來想，和陌生女性一起泡澡簡直莫名其妙。」

「哦～想法果真死板。不過這也許正是優點。感覺也不太會外遇——不過啊，提爾，別這麼說好不好？我們去泡澡嘛。」

謎樣的大姊姊誘惑般說著，自沙發上倏地站起身，直逼向我。緊接著還握起我的手。
我在一陣心跳加速中，連忙甩開她的手。
「請……請不要抓我的手！」
「啊哈，你好容易害羞喔！」
「容……容不容易害羞不是重點，根本沒有必要和不認識的人一起泡澡……」
「真是的，都到了這個地步還在不識相的笨孩子就該這樣——啾！」
「又……又親我臉頰……！」
「都是因為提爾不乖乖聽話喔。」
「妳……妳對任何人都像這樣親臉頰嗎！」
「怎麼可能呢，想也知道當然不是啊。」
苦笑著否定之後，謎之大姊姊以認真的語氣接著說：
「要知道，是因為你是提爾，我才會這樣做喔。」
在這之後——時間推進到現在。
於是我便和謎樣的大姊姊像這樣一起泡在浴缸裡頭。
（雖然從頭回想到這裡，對這位謎之大姊姊依然一無所知……）
「哼哼～」

謎樣的大姊姊優雅地哼著歌，和我泡在同一個浴缸裡面，盡情享受泡澡時光。

雖然比不上教官，但胸前也算得上雄偉，所以雖然包在浴巾底下，我從剛才就一直刻意把視線投向一邊。

話說回來，我為什麼真的乖乖陪她一起泡澡啊？明明是被陌生女性強拉進浴室裡，我卻沒有太多抵抗，連我自己都覺得不可思議。

不過，原因我大致能理解。

雖然我自己也覺得不對勁，但我莫名地對這個人懷抱著親近感。

明明從來沒見過，但是我對這個人有所認識。

我就是有這種感覺。

「噯，提爾。你還沒有放棄回歸劍士的身分吧？」

突然間她如此問道。

雖然不懂疑問背後的用意，但我還是點頭回應。她見狀便欣喜地笑了。

「嘻嘻嘻，那就太好了！」

「妳和我之間，有什麼關係嗎？」

我也試著主動提出疑問。內容很模糊。

於是她有些不懷好意般瞇起眼睛。

「我算是提爾的什麼人呢？如果是你不認識的婚約對象該怎麼辦？」

「我想應該不可能吧……」

但是，很有可能雖不中亦不遠矣。

當然絕對不可能是未婚妻吧。

然而我覺得，我和這個人之間已經建立了與之近似的關係。

非常親近的某種東西，連接著我和她之間。

毫無疑問是初次見面，但是有某種並非直接的鬆散聯繫，牢不可分地連結著我們。

「嗳。」

這個人一定知道答案。所以她才會對我如此親暱吧。

「什麼事？」

「狙擊槍和劍，提爾喜歡哪種呢？」

雖然覺得這問題很突兀，但我毫不猶豫回答：

「這還用問——當然是劍。」

那兩柄劍總是常伴我的左右。

——請「名匠」為我打造的兩柄利刃。

在那兩柄利刃的陪伴下，我總是奔馳在與惡魔廝殺的戰場上。

「你喜歡劍？」

「最喜歡的就是劍。特別是請『名匠』打造的雙劍，更是特別。」

「你說的『名匠』是艾爾特·克萊恩斯？」

我點了點頭。

若非有不得不的理由，葬擊士的武器基本上都是特別訂製。關於我的狙擊槍，由於我本身是突然轉職為狙擊手，所以武器只是教官送給我的市售高價武器，但我真正使用的武器——那對雙劍則是特別訂製。

雖然目前揮舞這兩柄武器的時機只有為了將來復出而鍛鍊時，但那其實是請「名匠」艾爾特·克萊恩斯特別打造的武器。

艾爾特·克萊恩斯最值得一提的就是其配合委託人設計武器的能力。若非拿在委託人手中便無用武之地，但是當委託人親自使用時，頓時便化作傳說中的神兵利器。艾爾特·克萊恩斯擁有能設計並且製造這種武器的技術。

而且，那位「名匠」並非會為任何人都製造武器，「名匠」只接受實力受其認可的強者提出的委託。我還記得我提出的委託起初也被忽視，直到升上「七翼」之後，「名匠」才終於接受了我的委託。

那時「名匠」為我打造的，就是這對雙劍。

使用了數年，刀刃也沒有一點缺口，非常堅韌而且威力強大無比。

完美到讓我覺得那彷彿是神所造的兵器。

「名匠」為我造了這麼優秀的武器，我一直想親口向對方道謝，但遺憾的是艾爾特·

克萊恩斯除了這個名號之外，一切消息都在謎團之中。

年齡與性別都不明。

提出委託也一向採取透過葬擊士協會這般間接的方法。

我不知道「名匠」為何要隱藏身分。

總而言之，是個充滿謎團的人物。

「艾爾特．克萊恩斯啊，我也只聽過這個名字，實際上是個什麼樣的人呢？」

「這個嘛……我哪知道。大概是個滿臉鬍子的大叔吧？」

「呵呵呵……喂喂喂～提到鍛造工匠就聯想到滿臉鬍子的大叔，想像力也太貧乏了吧？」

「那妳的猜測呢？」

「說不定是個美女大姊姊喔。」

「怎麼可能。」

這也太誇張了吧。就在我這麼想之後——

喀恰一聲傳來，我知道這是來自玄關的大門開闔聲。

「糟了糟了。有東西忘了帶。」

腳步聲走過了浴室前方的走廊。在那同時聽見的自言自語，毫無疑問是教官的聲音。看來教官應該是回來拿她忘記的東西——

(——這……這下不妙……)

和陌生女性一起泡澡的當下狀況萬一被她發現，鐵定不是鬧著玩的。如果這裡是我家就算了，這裡可是教官自家。唔……狀況糟透了。

「哎呀，該不會米亞回來了？」

「……拜託妳了，請不要發出聲音。」

「咦？為什麼？」

「因為這個狀況萬一被拆穿，大概會被她輕蔑……！」

「會嗎～？」

「就是會啊！就算妳是教官的熟人，這種狀況絕對不正常啊！所以拜託妳別發出聲音！」

「嗯～……可是讓她發現比較好玩吧？」

「哪裡好玩！」

這個人就是那類吧？看到不可以按的按鈕會搶先按下去的那一類。

「——奇怪？話說小提人呢？喂～小提～？你不在家嗎～？」

就在這時，教官似乎因為家中找不到我的人影而感到疑惑。

「出門了嗎？……不過大門也沒鎖，應該在家裡吧。該不會是在浴室？小提～？你在洗澡嗎～？」

「是……是的！正好覺得想要泡個澡！」

我認為這時不回答反而糟糕，於是就先告知了當下位置。

「是這樣啊，我忘記的東西已經拿了，接下來要出門工作了喔。」

「好的！請小心！」

呼……這樣就度過難關了。在我這麼想的瞬間——

「——啊嗯！」

突然間，呻吟般的聲音響徹浴室。

我大吃一驚，看向混浴中的女性。

滿臉得意笑容的惡魔正在浴缸的另一頭呵呵笑著。

「妳……妳到底在幹嘛……！」

「那個喔，噗哧……就是忍不住。」

「不要鬧了喔……！」

但是，只要教官沒注意到剛才的呻吟聲就沒問題——

「等……等一下，小提……剛才那是什麼聲音？」

這下問題大了。

「只……只是狗叫聲，教官！剛才有流浪狗闖進庭院裡，我現在人在浴室也是為了幫流浪狗洗澡……！」

這藉口會不會太牽強了？

「……真的嗎？」

「真……真的啊！對吧，流浪狗？（請狗叫一聲！）」

「我說啊，提爾。真的要比的話，我比較偏貓派喔。」

「那又怎樣！」

啊啊，狀況簡直亂七八糟！

「噯……噯，提爾……我剛才好像聽見你和女人在對話耶……」

「只……只是錯覺啦……！」

「那個……可以讓我進浴室稍微檢查一下嗎？」

「要……要是我拒絕呢？」

「抱歉，你沒有拒絕權。」

——嗚，一切都完了……教官完全起疑了。

「嗚嗚，提爾，都是因為我沒有學貓叫，對不起喔。」

「我剛才想請妳學的是狗叫……！」

「哎，不過沒關係的。沒什麼好擔心的喔。」

我哀嘆的同時，謎之大姊姊不知為何胸有成竹。

我原本以為她是教官的友人，但也許是地位比教官更高階的大人物？

這麼想著的同時，我聽見教官從走廊走進更衣間的聲音。

對我來說已經萬事休矣。只能坐以待斃。

我想不到任何能解釋的藉口，就算想到了也不應該搬出來用。

這完全是我的錯。我已經做好心理準備要接受教官的斥責。

「——小提，我開門了喔。」

教官的聲音。

審判之時迫在眉睫。

緊接著，浴室的門也被拉開。

教官的臉自該處探進浴室。

緊接著——

「……咦？」

不出所料，教官臉上首先浮現的表情是訝異。

這是人之常情吧。我和一位甚至不曉得是不是教官友人的女性一起——

「——姊姊？」

沒錯，要是看到我和自己姊姊一起泡澡……

……嗯？

……咦？

——姊姊？

「嗨～米亞～！好久不見。最近過得還好嗎？嘻嘻嘻。」

「為……為什麼姊姊會在這裡……？」

「哎呀，真是笨問題。我好心來探望心愛的妹妹呀。」

「……絕對是騙人的吧。」

「直接當成謊話好過分～不過主要不是為了和米亞重逢，倒也是事實啦。」

不理會我的存在，兩人就這麼交談起來。

如果她們所說的內容全部屬實——

這兩人——是姊妹。

和我一起泡在浴缸裡的這位女性，是教官的——姊姊……？

（真的假的……）

難怪我會感到難以言喻的關聯啊。我不禁感觸良多地這麼想著。

「——話說回來，為什麼姊姊和小提會一起泡澡啊！還不快點出來！真是不知羞恥！」

結果教官還是氣得火冒三丈……

在這之後——離開浴室來到客廳。

「啊哈。公布正確答案～！沒錯，我竟然就是米亞的姊姊～！怎麼樣啊，提爾？有沒有嚇到？」

自稱教官親姊姊的黑髮女性坐在沙發上，洋洋得意地笑著。我坐在桌旁，視線轉向暫且放下工作尚未出門的教官。

「教官，這個人真的是教官的姊姊？」

「很遺憾是事實。莎拉夏．塞繆爾。千真萬確的親生姊姊。」

「要叫我莎拉喲。」

教官的姊姊——莎拉小姐親切地對我說。

話說回來，這對姊妹外貌都非常年輕。

兩人像是保持了十來歲的青春年華，增長的歲數只讓她們更添魅力。

特別是莎拉小姐，既然是教官的姊姊，年紀想必比教官更年長，可能已經年近三十，甚至有可能已經越過了那條分界線，但是從那嬌憐可愛的模樣看起來實在難以想像。

「請問妳在何處高就？」

「姊姊，沒必要強迫自己回答喔。」

教官先是如此叮嚀。

是什麼呢……難以啟齒的職業嗎？夜裡的工作？或者是無業？

「有什麼關係，就老實告訴他吧。提爾個性也誠實，應該沒問題吧——所以說，聽好嘍提爾。我和你其實還滿有關聯的喔。」

「意思是除了教官的姊姊之外，與我之間還有其他間接的關係？」

「是這個意思沒錯。那麼，你覺得是什麼關係？」

莎拉小姐雖然如此提問，卻不給我思考時間。

緊接著她直接親口說出答案：

「我和提爾的關係，就在於武器喔。」

「武器——該不會……」

一抹預感瞬間掠過腦海。雖然我心情上想斷言這不可能，但也不覺得她為了捉弄我才這麼說，我讓那可能性更加明確地浮現腦海。

能讓我清楚地感受到與某人之間有所聯繫的武器，唯獨我的兩柄愛劍。

原因在於那兩柄武器是非市售的特別訂製品。

是灌注了「名匠」艾爾特・克萊恩斯的心血的洗練雙劍。

換言之，如果我的預感正確的話——

「妳就是……」

我說出那可能性。

「……艾爾特・克萊恩斯本人？」

「正　確　答　案——就是這樣啦。」

於是，莎拉小姐滿臉笑容地點頭。

「很榮幸的，人家有時會稱我為『名匠』，或是葬擊士背後的無名英雄。啊，當然莎拉夏・塞繆爾才是本名，艾爾特・克萊恩斯只是身為鍛造工匠的名號，別誤會了喔。」

彷彿理所當然般流利說出的自我介紹，撼動了我的胸口。那種感情我不想用感動或感激這種廉價的名詞來一語帶過，那感覺就類似於……近似於憧憬的熾熱情感。

因為有那對雙劍，我才能立下那些戰果。毫無疑問就是那對雙劍，在當時撐起了我的全盛期。

「莎拉小姐。」

所以我不由自主來到莎拉小姐面前，不由得握緊了她的手。教官雖然好像稍稍鼓起臉頰，但我不在意，向莎拉小姐道謝。

「非常感謝妳為我打造武器。我一直希望能夠有個機會這樣直接向您道謝。」

「這樣啊～我才該向你道謝。打造好武器也有了意義。」

「不過我真的很吃驚。沒想到艾爾特・克萊恩斯本人竟然是莎拉小姐這般嬌憐可愛的女性……」

姊姊是「名匠」，妹妹則是最強女性葬擊士之一。

這對姊妹對葬擊士世界的貢獻簡直難以估計。

「這個情報不告訴任何人比較好吧？」

「哦？提爾是沒有再三叮嚀就會忍不住把祕密講出去的那種人？」

「不……不是，絕對不是這樣……」

「唔嗯，講得有點傷人，不好意思喔。不過，的確如你所說，不可以告訴任何人。我是因為信任提爾才把『名匠』的身分告訴你，萬一你把消息洩漏給別人了，就要負起責任把這位莎拉大姊姊娶回家當老婆，就這樣說定嘍♪」

「娶……娶回家嗎……」

「就是這樣喔。把米亞扔到一邊去，和我一起建立幸福的家庭吧？」

「好了好了，在胡說些什麼。」

教官不大愉快地插嘴。

「姊姊，可以不要強逼小提接受莫名其妙的要求嗎？」

「討厭啦～米亞妳表情好恐怖耶。」

「妳以為是誰的錯……」

「咦，是誰的錯？」

「當然是姊姊的錯啊！」

「哦？真的那麼不願意讓妳自豪的小提被我染指？」

「我……我不是那個意思……只是想說不要硬逼小提接受奇怪的要求讓他為難。」

「提爾聽到了嗎？她是這樣說的喔。那個阿姨的占有欲很強吧？」

「姊姊年紀還比我大吧……！」

教官完全被姊姊玩弄在股掌之間。

也許身為親姊姊，自然會理解該如何捉弄妹妹吧？

「……話說回來，姊姊。」

教官露出有點疲憊的表情，再度正色問道：

「姊姊為什麼跑來我家？」

「噢，關於這件事嘛，其實我在山區的自家兼工作室燒掉了。」

原來如此……村長之前說曾經招待沒了自家的「工匠」住過一晚，原來真相是這麼一回事。

「……意思是發生火災？原因又是為什麼？」

「很慚愧，原因是我沒管好火源……啊，不過鍛造工匠家裡失火聽起來很好笑吧？呵呵呵，畢竟是用火的嘛。」

「這不好笑。」

聽了實在笑不出來，但莎拉小姐獨自一人吃吃笑個不停。還真是隨心所欲。

「姊姊沒受傷吧？」

「就如妳所見，身上沒有任何一處燒傷，膚質也同樣細緻吧？」

「……那就好。」

教官安心地鬆了口氣。無論如何，莎拉小姐還是重要的家人吧。

「所以說……姊姊現在無家可歸？」

「對，就是這樣。所以拜託妳，米亞，可以讓我在這裡借住一陣子嗎？拜託！」

「……說拜託的同時大剌剌坐在沙發上，這種人我還是第一次見到。」

教官傻眼地吐出一口氣，莎拉小姐則是無所謂地注視著妹妹。

該怎麼說，雖然擁有同樣的血緣，但個性還是截然不同啊。

大致上能分成認真可靠的妹妹、隨興自在的姊姊吧？

「我一定會付房租的啦。好嗎？」

「哎，是這種緣故的話，我也沒有理由拒絕吧。」

經過一小段空檔，教官下了如此的判決。

「因為有逼不得已的理由，如果只是要借住，我就准許吧。」

「真的？啊哈，謝啦！親妳一下當作謝禮吧？」

「不……不用了。」

「討厭啦，說不用真是失敬。米亞就是像這樣對來者挑三揀四，才會到了這個年紀還一直單身吧？」

「什麼……！姊……姊姊不也一樣嗎！話說姊姊年紀還比我大，應該比我更悲慘吧！」

「真的耶♪那我就找提爾下手吧♪」

語畢，莎拉小姐對我拋出一個媚眼。

……咦？

「等……等一下，姊姊！不可以對小提出手喔！」

「為什麼？提爾也不是屬於米亞的東西吧？」

「話……話是這樣說沒錯……可是……」

可是……可是怎樣？我也不由得好奇教官的回答。

——教官對我抱持著何種想法？

之前我曾經想問出答案，但因為夏洛涅和艾爾莎亂入鬧場而不了了之，所以我想知道明確的回答。

「什麼嘛～米亞，妳講清楚好不好？提爾是米亞的人嗎？到底是不是？」

「這個嘛，那個……」

教官一瞬間語帶遲疑，隨後說：

「不是啦……我和小提還不是什麼特別的關係。」

雖然是事實，但聽她當面清楚宣言還是有點難受。

另一方面，聽見這回答的莎拉小姐神色越來越雀躍。

「哦哦～原來如此。嘻嘻嘻，所以說我不管對提爾要做什麼都沒問題吧？」

「就……就算這樣，太過頭的還是不行喔！」

「但是像剛才那樣一起泡澡應該可以吧？」

「不可以！」

「咦咦～」

「就算再怎麼不滿，我也不會放寬標準！況且小提還沒成年，性方面的事情絕對不可以！」

「既然米亞這樣說，米亞想必一定沒對提爾做些奇怪的事吧？」

「…………」

「哎呀呀～？被我說中了～？」

「少……少囉嗦！總而言之，要是對小提亂來，我不會原諒姊姊喔！」

「這個嘛～該怎麼辦才好呢？」

教官反應激動，莎拉小姐則是一派輕鬆地隨口應付。

嗯……

該怎麼說呢，目前只知道……

接下來的生活應該會變得比較吵鬧吧──我單純地這麼想。

幕間　米亞・塞繆爾的思慕I

「啊啊，真是氣死人了……我絕對不會輸的。」

一如往常的那間酒吧。我和同事瑟伊迪並肩坐在吧檯旁的座位，仰頭喝下一口無酒精的果汁。看著我的反應，瑟伊迪歪著頭問道：

「氣死人……是對誰生氣？」

「……我姊姊。」

「妳姊姊？哦～原來米亞有姊姊啊。」

「是啊……然後啊，那個姊姊今天早上來到我家。說是突然發生意外，失去了住處，所以希望我讓她借住。」

「啊～……那樣真的很教人生氣呢。像是我婆婆有時候有會突然來到家裡，好像監視我們一樣住個幾天才走。那個到底是怎樣？」

「……不好意思，瑟伊迪。妳那個充滿婚姻陰暗面的情境，和我家姊姊的狀況似是而非。」

「是喔？」

「是啊。對於姊姊借住這件事本身，我不覺得生氣。」

「啊，我懂了。簡單說就是那個吧？妳姊姊想用女色誘惑提爾，讓米亞產生了危機意識吧？」

「正確答案……」

我嘆息的同時說道。

「……也不曉得是開玩笑還是認真的，姊姊好像要向小提出手。」

「哦哦，所以說是三角關係嘍？而且還是手足相爭？」

瑟伊迪愉快地緊咬這個話題不放。我記得瑟伊迪以前就很喜歡閱讀愛恨交織的戀愛小說。那個興趣嗜好至今也許還沒變。

「然後呢？現在狀況怎樣了？小提已經被她橫刀奪愛了嗎？」

「那個喔，瑟伊迪，沒有那麼戲劇化啦……雖然人被她帶進浴室了。」

「哎呀，兩個人一起泡澡喔？這什麼狀況啊，看來可以指望啊！」

「哪裡值得指望了！妳在期待什麼啦！」

「對我來說最棒也最有趣的，當然是提爾腳踏兩條船的情節啊。不過對米亞來說，想必很不甘願吧？」

「這是當然的吧！」

小提被姊姊搶走，或是花心腳踏兩條船，這我絕對不想看見。

也許是我的私心，我希望小提只注視著我一個人。

今天早上，光是見到小提不經意地握起姊姊的手，我的心就一陣刺痛。看來我想占有他的心情，遠比我自己所想的還強烈。

我這樣真的對嗎？這種疑慮並非不存在。

我們目前也並非特別的關係。只是以前的教官和過去的學生。只有在小提取回過去的實力之後，才能從當下的關係繼續有所進展。

所以目前也還不是戀人。

既然如此，就算有人像姊姊那樣對小提展開攻勢，照理來說我絕對沒有任何譴責的權利。

然而，那就是令我難以接受。

「我……不想讓小提被任何人搶走。」

「米亞也真是的，真的那麼喜歡提爾啊。」

看著低聲呢喃的我，瑟伊迪覺得很溫馨似地笑著。

「沒問題的。妳不必操心，提爾眼中肯定只有米亞一個人。不管姊姊怎麼誘惑他，他不會那麼簡單就移情別戀。」

「……真的嗎？」

「就是這樣啊。不然我來對提爾出手試試看吧？一定馬上就會被他拒絕喔。」

「說……說不定真的會有個萬一，拜託不要亂來喔！」

「那樣不是也滿有意思的嗎？」

「瑟伊迪千萬不要只是想看肥皂劇上演就來參戰喔！」

「我明白我明白。哎，不管事實如何，如果姊姊真的想對提爾下手，米亞也得準備對策才行吧？」

「……比方說？」

「比方說，要是提爾和姊姊有機會共同行動的話，就要暗中觀察，每當冒出危險的氣氛就要出手攪局，諸如此類的吧？」

「原來如此，觀察和攪局啊。為了保護小提不受姊姊的魔爪所害，這方面一定要徹底做到才行。」

要是太過頭也許會變成過於保護的老太婆，就算這樣，為了保護小提不管什麼事我都不惜去做。

——於是我和瑟伊迪一起討論著對抗姊姊的策略，夜就這麼越來越深。

第二章　出遊散心

隔天早晨——

「嗯～……」

在米亞教官自家的客廳，煩悶的低吟聲反覆迴盪。

那聲音來自一隻手撐著臉頰的莎拉小姐。

「請問怎麼了嗎？」

我一面準備早餐一面問道。今天休假的教官還不會起床，我暫且只準備了我和莎拉小姐兩人份的早餐。

「那個喔，提爾。大姊姊現在有點煩惱。」

「是什麼樣的煩惱？」

「要讓提爾拜倒在我的石榴裙下，到底該怎麼辦？」

「……咦？這……這種事問我，我也不知道該怎麼回答……」

「哎呀，為難的提爾感覺也好棒！啊哈，就讓你更傷腦筋吧。」

莎拉小姐捉弄我似的微笑。她剛才說自己有煩惱是騙人的嗎？

「接下來嘛，畢竟我也是寄人籬下，懶散度日也說不過去。我也來幫忙準備早餐吧？」

莎拉小姐站起身，開始幫忙我。雖然她有些難以捉摸之處，但是從初次見面時我就能感覺到她其實還算有常識……或者該說有其人品上的優點。

當妹妹的教官則和她相反，表面上看似沉穩可靠，但實際上卻是個廢柴。

一到了假日就像這樣一直睡個不醒，也不會做家事。

哎，雖然我不覺得那有什麼不可以。

「嗯～……很難評論啊～」

在準備結束後，我和莎拉小姐在桌旁開始用早餐。

在用餐過程中，莎拉小姐依然為了不知何事而煩惱。

「那個，如果真的有什麼煩惱的話，可以請妳告訴我嗎？也算是為了報答妳為我打造那對雙劍，我希望有機會能幫上莎拉小姐的忙。」

「提爾這麼願意付出，大姊姊覺得好心動。討厭耶，你這個大姊姊殺手。」

浮現令人心跳加速的微笑，莎拉小姐將炒蛋送進口中。

「哎，這個嘛……一個人左思右想也不是辦法，我可以說給提爾聽嗎？」

「請不用客氣。」

「那我就不客氣了喔！」

先這麼說完，莎拉小姐撕開麵包的同時說：

「這個嘛，你知道天聖祭不久後就要舉辦了嗎？」

「這我當然知道。市區那邊也已經開始做準備了。」

所謂的天聖祭是即將在帝都安傑路斯盛大舉辦的慶典。天聖祭已經有數百年的歷史，是初夏時節的代表性活動。到了慶典當天會有許多觀光客自外國造訪，據說原本就人口眾多的帝都在當天還會增加兩成人口，堪稱是一大盛事。

「然後呢？和天聖祭有什麼關聯？」

「其實啊，我以艾爾特·克萊恩斯的身分接下了一個委託。皇家希望我為了紀念天聖祭而特別打造一把武器。」

「這不是很了不起嗎？」

「今年自從有天聖祭以來剛好四百年的重大年份，所以希望我打造一把能紀念這個節日的武器。然後啊，這個委託我已經接下了。身為帝國人，我也想更加炒熱天聖祭的氣氛，因此沒有拒絕這個選項。」

「那妳的煩惱是指什麼？」

「設計。」莎拉小姐簡潔地說明「紀念武器的設計。到現在還沒敲定……唉，該怎麼辦才好呢？」

「到天聖祭只剩大概兩星期左右了，趕得上嗎？」

「哎，只要設計確定了，武器本身有一星期就能完工。」

「可是鍛造工坊因為火災燒燬了吧？」

「最基本的必需工具都裝在到這裡避難的貨運馬車上，這方面沒問題。」

「所以問題只在武器設計上？」

「就是這樣啊～哎，要打造什麼樣的武器才好啊～……我完～～全想不出好點子！……——啊，要是提爾親我一下也許會靈光一閃喔。」

「請……請不要為難我。」

「慌張的提爾真的好可愛喔～嘻嘻嘻。」

莎拉小姐說著的同時，將早餐大口塞進胃中。

將早餐大致掃平後，最後莎拉小姐將牛奶也喝光。

「不然就這麼辦吧？」

她突兀地這麼說完，站起身來到我身旁。

「咦？」

「提爾，你今天一定要和我一起出門才行，你同意吧？」

「這……這是什麼意思？」

「就如我剛才說的，我現在正處於擠不出好點子的狀態，所以我覺得應該出門走走，散散心會比較好。小提，我希望你陪我一起去，可以嗎？」

「……原來如此。是為了這個理由的話，請讓我陪同。」

因為我才剛表明協助的意願，若是為了這種理由，我不打算回絕。

「謝謝你！那就早點動身吧？」

「請……請稍等一下。到底要去哪裡？現在還不到店家開張的時間。」

「我想去的地方不是街上啊。因為目的地有點距離，現在出門抵達時應該時間正好！所以啦，提爾，快點準備出門了！」

「我……我知道了。」

在莎拉小姐的連番催促下，我連忙將早餐塞進胃中，開始準備出門。

換上外出服回到客廳的時候，莎拉小姐這麼說道。

「啊，褲子破洞了喔。」

聽她這麼一說，我看向自己的長褲，確實開了一個小洞。

「大概是被蟲咬的吧。你等一下。」

莎拉小姐說完，從房間角落的行李中找出了一個小袋子。

「那是什麼？」

「針線組。」

莎拉小姐在小袋子中翻找，從中取出針與線，靈巧地將線穿進針孔中，在我腳邊蹲下。

「這種程度三兩下就能縫好，提爾你不要動喔。」

「啊，嗯……」

發現蛀蟲咬的破洞後一連串的舉動俐落得叫人吃驚……原來莎拉小姐也懂針線活啊。畢竟是人稱「名匠」的鍛造工匠，也許需要靈巧雙手的技藝全都有一定水準吧。能感覺到教官所沒有的賢慧。

「覺得我有點老氣？」

「咦？」

「會做針線活不是很像老人家嗎？不懂還比較像年輕一輩吧？」

「不會，我不覺得。有種賢慧的感覺很不錯啊。」

雖然個性樂天隨興，不過莎拉小姐其實身具賢慧與體貼。教官沒有家事方面的屬性，也許是這些部分全部都被莎拉小姐吸收的緣故吧？

「賢慧啊……對單身的我而言，真是遙不可及的形容。」

莎拉小姐嘻嘻輕笑之後，自貶般說道。

「好了好了，褲子這樣就暫且沒問題了吧。要是又破洞了我再幫你縫。」

「真的很謝謝妳。」

之後我繼續準備外出。

就在準備的過程中，教官起床來到客廳。

「嗯？小提要外出喔？」

「是的，陪莎拉小姐出門一趟。」

「和……和姊姊一起出遊玩樂……？」

教官六神無主般一時站不穩。

「你……你們什麼時候進展到這個地步了……！」

「這……這是誤會！我只是『陪』莎拉小姐一起去，並不是和莎拉小姐有特別的關係！我接下來只是要陪莎拉小姐出門散心而已！就這樣而已！」

「原……原來是這樣……我記得姊姊說過，要提供給天聖祭的武器似乎因為想不出設計，目前遇到瓶頸了。」

教官撫平了內心驚慌，表情像是鬆了口氣。

看來誤會已經解開了，但是——

「啊，早安呀，米亞。我和提爾接下來要去約會嘍♪」

「妳……妳說約會……！」

因為莎拉小姐發動不必要的追擊，教官再度陷入驚慌。

莎拉小姐，妳在幹嘛啦！這個人真的沒事就要戳教官一下耶！

「真……真的不是啦，教官！我們只是單純一起出門而已喔！」

「只是單純一起出門，這種講法好過分～！我可是當成約會喔！走吧走吧，提爾，別理那個懶惰的貪睡女，我們早點出門吧。」

莎拉小姐說完，貼上來抱住我的手臂。臉上露出不懷好意的賊笑，肯定是故意在捉弄教官取樂。但是這意圖未免太露骨了，這種明顯的挑釁教官應該不會上鉤——

「——咕嗚嗚嗚……！」

嗚哇，咬餌了！

「隨便啦！笨蛋姊姊！隨便妳愛怎樣都好……懶惰的貪睡女現在要悠悠哉哉地來吃早餐了。」

鬧脾氣般說完，教官大口大口開始咀嚼我剛才準備好的早餐。

……看來教官出乎意料地有孩子氣的地方嘛。

話說回來，她現在對於我也同樣不高興嗎……？

「那……那個，教官？」

我試探般對她開口，但教官像是完全沒注意到我的聲音。

「（……這是必須立刻進入觀察狀態的情況吧……沒錯……只有兩人一同出遊絕對很危險……必須利用這次假日偷偷在旁守候才行……）」

教官用我聽不清楚的音量，在口中唸唸有詞，

「那個……教官？」

「——啊，嗯？有……有什麼事嗎，小提……？」

我再度出聲詢問後，教官慌慌張張地抬起臉。

看這反應，大致上應該沒有對我生氣才對。太好了。

我為了保險起見，再度聲明。

「那個喔，我先講清楚好了，這個不是約會，請不要誤會。」

「我……我知道啦（……但是不曉得姊姊會做什麼好事，一定要緊盯著才行）。」

「咦？」

「沒……沒什麼啦！話……話說回來，小提討厭人家對你過度保護吧？比方說要是在小提出去辦事時，有個人在旁守候著你，你對那個人會怎麼想？」

「這是什麼問題啊……？」

這問題也太奇怪了吧？我一面這麼想著一面回答道：

「哎，那個某人應該是為了我著想才偷偷跟來的吧。我是不會因為這樣就不高興，但應該會覺得那人很奇怪吧。」

「很……很奇怪啊……（這……這也無所謂，不管小提要怎麼看我，我還是要守護小提……！）」

「……？」

雖然教官的反應不太對勁，不過某種意義上也算正常狀態吧。

因為這個人看起來可靠，其實還滿沒用的。

「好了好了，提爾。和米亞聊天就到這邊為止，差不多該把心思轉回我這邊了吧？」

「啊，好的，我明白了。」

在莎拉小姐的催促下，我將注意力轉回外出準備。

「那麼教官，我出門了。」

「呃，嗯。你慢走。」

教官突然加快了用餐動作。或許教官也預定在這之後馬上要外出。就算是這樣，吃得更悠哉一點也沒關係啊。

總而言之，我決定陪同莎拉小姐外出散心。

莎拉小姐沒有告知我目的地，就這麼帶著我來到帝都中央鐵路的火車站。

之後莎拉小姐帶我搭上開往北部的列車，我們在面朝前進方向的雙人座位上並肩而坐，列車在搖晃中前進。目的地究竟在哪裡呢……？

「話說回來，小提還真了不起。多虧有小提同行才能搭上一等車廂。」

坐在一旁的莎拉小姐很羨慕似的直盯著我看。

就如莎拉小姐所說，我們現在搭乘的是一等車廂。起初我們只購買了二等車廂的車票，但是站務員注意到我的存在後，免費讓車票升級至一等車廂。詢問後站務員告知理由：讓蒼天樹褒章獲頒者搭乘廉價的車廂，這種事我們鐵路公司的自尊無法允許。

amaetekuru
toshiuekyokanni
yashinattemoraunoha
yarisugidesuka?

「該怎麼說呢，真不愧是七翼怪童啊。我也該像那樣滿懷敬意對待你嗎？不知您覺得如何呢，弗德奧特大人？」

莎拉小姐拋出媚眼，攬住我的手臂，打趣般如此問我。

「那個……請放開我。」

「啊哈，用不著害羞啊。不過這樣的提爾也很可愛呢。嘻嘻嘻。」

「話說回來……目的地究竟在哪裡？」

「繼續賣關子讓你心裡期望太高也不好，就先告訴你吧。」鬆手放開我的手臂的同時，莎拉小姐說：「就是沙庫德農場。位在高地的牧場。你知道嗎？」

「算是知道吧。」

我記得夏洛涅常喝的牛奶就是產自沙庫德農場。

「聽人家說在沙庫德農場能和牛與豬嬉戲，更重要的是景色優美。所以我想說應該是轉換心情的好去處。」

「希望妳會想到一些好點子。」

「就是說嘛。雖然這樣說有點太遲了，拖你一起來真是不好意思。」

「沒關係。這是為了報答妳為我造了那對愛劍。」

「啊～真受不了，提爾真是好孩子。情深義重又帥氣……哎，要不要跟大姊姊交往看看？」

「不……不了，我心裡已經有教官了……」

「能夠隨口就說出這種話，這點同樣了不起……話說回來，米亞有哪裡好了？這樣講也許過分，但我妹妹也只有外表好看而已吧？」

「這並不是事實。打從六年前，社會對禁忌之子的抗拒感還很強的那時候，教官就已經很關心我了……教官是個真正有勇氣的人。」

雖然現在歧視問題已經日漸改善，但在當時的環境下率先主動關懷我，那真的非常難得。教官就是不在意周遭氣氛，這是她的優點也是缺點。

「那我反過來問喔，莎拉小姐該不會其實討厭教官吧？感覺妳好像一找到到機會就會整她……」

「咦咦～我真的有嗎？」

「明明就有啊。一找到機會就調侃我，沒事就在挑釁教官吧？」

「哎，這我不否認啦。」

莎拉小姐面露苦笑，對我聳了聳肩。

「不過那也算是我這個作姊姊的多管閒事喔。」

「作姊姊的多管閒事……？」

「我覺得只要我出手調戲提爾，也許就能逼我那個欠缺決心的妹妹採取行動啊。我在捉弄她的時候，心裡總是想著『快點跟提爾湊成一對啦～』。」

「為什麼要這樣……？」

「該怎麼說？因為不希望連妹妹也跟我一樣嫁不出去吧？」

關心妹妹的理由還滿現實的。

「至於我自己，因為我已經放棄了，是沒差啦。嘻嘻嘻。」

「……這是笑話嗎？」

「不當成笑話哪撐得下去？」

她笑著這麼說的同時，眼神完全沒有笑意……好可怕。

「我當然也懷有結婚的願望。但是我找不到可以坦白艾爾特・克萊恩斯這個身分也沒關係的對象。雖然有這種人，但大多是葬擊士協會上層的老伯。但是我沒辦法把那些老伯當成戀愛對象啊～情況就是這樣……」

「『名匠』也很難為呢……」

「……是有一點啦。所以我希望米亞快點得到幸福，但她那邊一直沒有進展啊。再加上提爾好像是草食系的。」

「那個，請允許我提醒一下……教官不一定喜歡我喔。」

領取了蒼天樹褒章那天的記憶重回腦海。

那一天，我對教官正面投出了「教官對我是怎麼想的」這個疑問。

結果由於夏洛涅和艾爾莎亂入鬧場，這件事就此不了了之——

而且，教官在那狀況下，臉上浮現鬆了口氣的表情。

——因為不了了之，讓她鬆了口氣。

自此可以推測，也許兩人攪局讓她不需開口傷害我，才會有這種反應？

也許當時教官原本正要告訴我：她對我沒有戀愛情感。

所以，不用開口傷害我讓她鬆了口氣。

教官心中對我的感情，到頭來也許只有害我受傷的罪惡感，以及身為師長的自尊吧。

「嗯～我覺得不是這樣耶。」

聽完我的推論後，莎拉小姐二話不說便否定。

「……是這樣嗎？」

「很簡單嘛，你覺得米拉為什麼被我惡整會不高興？那就是嫉妒嘛。看到超～心愛的小提被我隨便玩弄，讓她覺得不愉快，才會心情不好嘛。」

「不過，自己以前的學生被人家胡亂捉弄，不管是誰都會生氣吧？」

「如果這種推論真的管用，提爾在米亞眼中就只是過去的學生，這樣真的好嗎？」

「當然不好，但我的意思是有這種可能性。」

教官對我也許沒有戀愛感情。

如果真是如此，莎拉小姐的激將法只是白費力氣。

「嗯~……我覺得米亞只是在掩飾，她心裡絕對喜歡提爾才對。只要把她逼得更急了，也許她就會忍不住坦白吧。早知這樣，這次出遊也帶米亞一起來就好了。這樣一來就能利用各種情境來刺激她了。」

莎拉小姐這麼說完，臉上掛起無所謂的表情，挑起嘴角說：

「哎呀，到時候要是米亞說她對提爾沒興趣的話，我就把提爾收下了，這樣應該沒問題吧？」

「……這句話應該是在開玩笑吧？」

「咦？不是玩笑喔。剛才我也說過了，我只是因為不容易找到適合戀愛的對象所以還單身，但其實心裡嚮往結婚。提爾已經知道我是艾爾特·克萊恩斯，而且又年輕，看起來也誠實，作為結婚對象無從挑剔呀。」

莎拉小姐這麼說完，把臉貼到我的耳畔，耳語般問道：

「怎麼樣？對提爾來說我沒機會？」

「我……我剛才也說過了，我已經心有所屬……」

「哎喲，不要這麼說嘛。雖然我自己這樣講有點怪，不過我覺得我的外觀還處在全盛時期喔。而且胸部也，你看……雖然也許比米亞小了一點，不過豐滿程度還是足以讓年輕男生滿足吧？」

莎拉小姐輕輕拉開無袖貼身衣物的胸前領口，大方地讓危險部位映入我眼中。

——咕嚕。喉嚨發出吞嚥唾液的聲響。但是，這時如果直盯著莎拉小姐的胸部看，感覺好像就背叛了教官，我挪開視線，自座位起身。

「我……我去車廂連接處呼吸外面空氣……」

「哦～你想逃啊？」

哎，也沒關係啦。她這句話傳到耳畔的同時，我走過一等車廂的走道，就要走進連接處。但就在這時——

「啊……不好意思。」

與我擦身而過般，有個人正要走進車廂。我不小心撞上了那人，稍稍低下頭。

「…………」

與我撞上的那人沒有回應我的道歉，一語不發地走向一等車廂的另一頭。雖然不至於覺得對方失禮，但覺得有點詭異。

季節都來到初夏了，那人卻穿著長風衣，毛線帽拉低到幾乎快要蓋住眼睛一帶。但是為了陌生人多費心思也沒意義。現在重要的還是先到車廂連接處換口氣。

※

「呼……」

對那逐漸遠去的背影偷瞄了一眼，我——米亞・塞繆爾安心地吐出長長的一口氣。

雖然運氣不好撞上了小提，但幸好沒有被拆穿身分。

沒錯，我正在跟蹤監視小提和姊姊的約會過程。

我怎麼可能不在意！雖然我不覺得小提會被姊姊勾引，但是姊姊一定會出手調戲小提！

所以雖然天氣很熱，我還是不惜穿上長風衣和毛線帽隱藏身分，追到這裡來。

接下來，要從哪個座位監視比較好呢？

也許是因為小提不在，姊姊表情看起來有點無聊。但是一段時間後小提回到座位上，就好像反作用般表情頓時大放光采。

唔……好羨慕。看起來好開心。我也想和小提一起出遊。

雖然心裡確實有現在就闖進兩人之間獨占小提的心情，但是這樣實在太過頭……而且也太幼稚了些。

不過若要提幼稚與否，跟蹤不也半斤八兩嗎……

但我也沒辦法啊。這是為了保護小提免於姊姊的色誘——沒錯！不惜代價！我無論如何都要阻止姊姊用美色誘惑小提！

我睜大了眼睛，持續注視著小提與姊姊的互動。

如果只是輕微的肢體接觸，雖然免不了嫉妒但還是寬容以待吧。

※

不久後列車抵達目的地。我和莎拉小姐一起下了車。

走出車站後，眼前是一片群山山腳下的高原。

「嗯～風景真不錯！感覺現在應該能想出不錯的點子！但只是呼之欲出而已。」

「那樣不是不行嗎……」

我這麼說著，倏地轉頭看向背後。

不知為何從剛才就一直感覺到視線。雖然可能只是錯覺。

「提爾，怎麼了嗎？」

「沒有，沒什麼……」

直到目前還沒有發現任何異狀。難道真的只是錯覺？

「沒事的話就專心陪我約會吧？好了，提爾，我們走吧♪」

莎拉小姐這麼說完，隨即牽起我的手，緊緊握住。而且還是戀人之間才會見到的那種十指緊緊交纏的握法。

「莎……莎拉小姐，這樣……」

「怎樣啦，有什麼不可以？現在就暫且忘掉米亞，好好享受。ＯＫ？」

莎拉小姐就這麼拉著我的手，邁開步伐。

我也不能就這樣甩開她的手，只好任憑她擺布。

……話說回來，那個觀察般的視線是不是越來越尖銳了？

果然真的有人正在注視著我。而且氣氛邪惡不祥。

到底是怎麼回事？難道有狂熱過頭的跟蹤狂盯上我了？

我這麼想著，走了大概五分鐘後——抵達了占地廣大的沙庫德農場。

雖然遊客人數似乎不少，但因為占地面積相當大，反而有種遊客稀疏零星的感覺。多虧如此，我的存在感也跟著變淡，應該不會過於受到注目。

不過，我的身分還是帶來了恩惠。在入場時官方特別發給我在所有體驗區都不需排隊，可優先體驗的快速通行證。

「嗚哇～提爾真的好厲害。不管到哪裡都有優惠待遇嘛。」

話雖如此，我不怎麼喜歡太過招搖地接受這種優惠。這不同於在人少的列車上提升車廂等級，快速通行證就類似於插隊進去，降低其他人的順序吧。會讓其他人蒙受損害的特別待遇，我不想使用。

「所以說，快速通行證我不會用。」

「這種謙虛之處，又會讓你在別人心裡加分吧。真是好孩子呢。」

莎拉小姐這麼說著，摸了摸我的頭，是不是太把我當成小孩子看待啊？

哎，其實無所謂就是了。

「這個嘛，總之就先來試試看擠牛奶吧？應該會是不錯的休憩體驗。」

於是我聽從她的意見，開始往擠牛奶體驗區移動。

不久後在我們抵達時，眼熟的人物出現在眼前。

「奇怪……提爾？」

那人是位金髮紅眼的蘿莉——也就是夏洛涅。

因為未曾預料的遭遇而訝異的同時，我走向她並開口問道：

「妳跑來這種地方幹嘛？」

「幹嘛喔……孩子們叫我假日就該去放鬆一下——話說提爾跑來幹嘛？而……而且你身邊的那個女人是誰啊！」

夏洛涅有所警戒般指向莎拉小姐。她指尖前方的莎拉小姐則露出了促狹的表情，將我的手臂緊緊攬入懷中。

「您好啊，這位可愛小妹妹。我叫莎拉夏，應該算是提爾的戀人吧？」

「什麼……！」

這個人又在隨口胡謅……夏洛涅聽了大受打擊般一動也不動了啦。

而且謎之視線給我的感覺也變得更加凶煞。原本應該氣氛祥和的沙庫德農場中，緊張感莫名急遽升高。這會不會造成乳牛們的壓力來源啊？

「這……這是怎麼回事啦，提爾！這個人是戀人？是開玩笑的吧！」

這時，夏洛涅自僵硬狀態恢復，氣憤得露出虎牙。

「既不是米亞姊，也……也不是我，你的戀人是這個陌生人？這是怎麼回事！」

「總之妳先冷靜下來，夏洛涅。這個人不是我的戀人，是教官的親姊姊。」

「咦……米亞姊的……親姊姊？」

「對。因為她的職業需要發揮創意，我現在只是陪她來這裡轉換心情。所以拜託別產生奇怪的誤會。」

「抱歉喔，稍微捉弄了妳。」

莎拉小姐道歉後，夏洛涅因為自己輕易受騙而害羞，低下了頭。

「原……原來是這樣……我沒問清楚就誤會，好丟臉……」

「哎，畢竟是因為莎拉小姐騙妳，沒必要在意啦。」

如此交談後，我請莎拉小姐和夏洛涅正式對彼此自我介紹。

「原來如此，夏洛涅妹妹啊。妳喜歡提爾嗎？」

「為什麼突然問這個……！」

夏洛涅大吃一驚。突然聽人家這樣問，這也很正常吧……

「因為妳的表情上明明就寫著『我喜歡提爾』啊。」

「是……是哪種表情啦！」

莎拉小姐不理會手足無措的夏洛涅，逕自開始動手擠牛奶……這個人還真的是自行其道耶。

先不管她，我和夏洛涅也開始擠牛奶。

體驗了擠牛奶後，我們來到沙庫德農場的用餐區。

因為聽說在這裡可以品嚐到用現擠牛奶製成的甜點，我們馬上就各自點了甜點，開始品嚐。

我點了霜淇淋，莎拉小姐點了百匯，夏洛涅則是香草冰淇淋。

「那個，提爾……不嫌棄的話，吃一口吧？」

就在這時，夏洛涅將香草冰淇淋遞向我。她有些害臊地別過視線。大概只是想分我吃一口吧……？還是有其他用意？

「哦～夏洛涅妹妹個子雖小，膽量倒是超乎意料地大喔～」

滿臉堆著微笑如此輕聲說著，莎拉小姐別有用意般瞇起眼睛。

「嘻嘻嘻，接到挑戰書了呢。大姊姊就來有樣學樣吧！」

「咦？」

「來～提爾，嘴巴張開～♪」

語畢，連莎拉小姐也用湯匙挖起一口百匯，遞到我眼前。

——這……這該怎麼辦才好……

我盯著遞到眼前的湯匙，不知如何是好。別想太多張口吃下去應該也沒關係，但這樣算不算對教官的背叛？

但……但是教官也許不會在意這點小事，況且她現在也不在場，能夠早點度過這次難關的話，就乾脆快點解決了事吧。

我這麼想著，決定從夏洛涅的香草冰淇淋開始品味。

※

緊急事態。我幾乎要撐裂眼眶般睜大雙眼，悄悄地注視眼前那風紀敗壞的情景。姊姊和小夏對小提送出了甜點，正打算親手餵食。看吧，我就知道！她果然會出這種招式勾引小提！

不行！這絕對不行！可以對小提這樣「啊～」的人，就只有我一個——這種傲慢的話雖然我嘴巴上不會說，但是事情既然就發生在眼前，就無法視若無睹。

——非得阻止不可！

但是該怎麼做？直接衝到面前絕對不可以吧？雖然目前變裝了，還是有可能會穿幫——既然這樣，就讓她們見識一下我的技術吧！

我從長風衣的懷中取出彈弓，舉起瞄準。這是以前請姊姊為我造的東西。哼哼哼，

就用這個打掉湯匙吧。自己打造的武器反而礙了事，還真是諷刺啊！姊姊！

「媽媽～那個人在做什麼啊？」

「噓！不可以看。」

一對親子經過了我藏身的陰暗處，見到我而如此交談。

這樣啊……我現在正在做不能讓小孩子看見的事啊……

很有道理，身穿長風衣和毛線帽的人躲在暗處舉著彈弓，不管怎麼想都是可疑人物吧……

儘……儘管如此！有些事情就是不能退讓！

——不惜一切……！

咻！下一個瞬間，我鬆手讓彈弓的橡皮筋收縮。

剛才裝填的橡膠彈朝著小提他們那邊飛了過去——

※

夏洛涅將一匙香草冰淇淋擺到我眼前。

就在我決定要張嘴品嚐的下一個瞬間，物體急速逼近的怪聲傳來。

緊接著，我正要含進口中的香草冰淇淋連同湯匙一同被彈飛，掉在地面上。莎拉小姐的湯匙也一起被彈飛了。

怎……怎麼回事……？

「什……什麼？是怎樣！好像有東西飛過來打到湯匙耶！」

夏洛涅滿臉驚愕，視線轉向落地的湯匙。

我原本以為是特別壯碩的昆蟲撞了過來，但似乎並非如此。

「哎呀……這個，好像是橡膠彈喔。」

拾起了落在地面上的某物，莎拉小姐開口說道。橡膠彈……？

「雖然只是我的推測，這應該是用彈弓之類的道具射出的彈丸吧？」

「該……該不會附近有人類至上主義者打算對我或提爾下手……！」

有道理。詭異的監視者的存在感，可能也是來自人類至上主義者的跟蹤。

「不是，不是這樣。」

莎拉小姐搖頭否認。

「區區這種橡膠彈不可能打倒你們，就算當作牽制也嫌威力太弱。況且剛才的子彈似乎一直線往我們的湯匙飛過來。」

「那……也就是說狙擊目標是湯匙？到底是誰，又是為了什麼目的？」

我環顧四周，沒有看見疑似犯人的人影。

「目前還很難說，但這個橡膠彈的形狀，很類似我過去打造的彈弓專用的彈丸。」

「是這樣喔？」

「哎，類似的橡膠彈種類也很多，也許只是我的錯覺吧，但如果射擊道具真的是我造的彈弓，那麼我也許猜得到是誰射出這玩意兒。」

莎拉小姐笑容滿面。

「那到底是誰？」

「嗯～沒有確切證據還是不要說比較好。萬一冤枉人家實在說不過去。不過啊～」

莎拉小姐這麼說著，愉快地笑了起來。

「如果真是我預料的那個人把這東西射過來，我想應該沒必要過於提防。」

先不管莎拉小姐心中預料的犯人是誰，已經不須警戒應該是事實。

好像宣告任務完成般，剛才一直持續的凶煞氣息已經消失。雖然我不禁納悶究竟是怎麼回事，但接下來恢復平常心度過應該沒問題。

剛才的分享甜點也不了了之，請店員換了新湯匙後，我們回過頭來用餐。

「這個嘛，差不多該離開沙庫德農場了。再見啦，夏洛涅妹妹。」

在這之後，莎拉小姐似乎覺得在沙庫德農場的散心已經結束，我們便與夏洛涅告別，再度搭上火車。因為火車開往帝都，換言之就是回家的方向，不過……

「體驗過大自然之後，就到建築物環繞的環境換個心情吧。」

因為她這麼說，因此抵達帝都後應該不會直接回家，而是想在市區觀光吧？

「武器設計有不錯的點子了嗎？」

「有種已經呼之欲出的感覺。所以啦，可以再多陪我一下嗎？」

「了解了。」

火車最後抵達了帝都。之後我在莎拉小姐的帶領下，來到某間店家當作尋找靈感的新地點，然而……

「……為何選女用內衣專賣店？」

與沙庫德農場的落差真夠嚴重。形形色色的女用內衣褲掛在衣架上陳列在我眼前。我的處境多麼尷尬自然也無需贅言。

「理由還用問？就是這種落差會讓靈感湧現啊。」

「但是還沒湧現吧？」

「就是這樣。嘻嘻嘻。」

「還不是沒用……」

「不過啊，只要看著這些色彩鮮艷的內衣，最後一定能夠靈思泉湧！」

如此說完，莎拉小姐直盯著架子上的內衣褲猛瞧。

光是盯著內衣褲看就能萌生武器的設計靈感嗎……？

不過女性用的內衣確實頗具藝術性。也許設計時已將美感列入考量了吧……就這一

點來說，或許真的能成為靈感的來源。

（……找些特別浮誇的款式給莎拉小姐看看吧？）

我心裡這麼想著，在年輕人取向的女性內衣店內漫步。

於是——

「呀啊～！為什麼提爾大人會在這裡！」「提爾先生也是男性嘛！也會出於好奇來女性內衣專賣店一探究竟嘛！」「這麼說也有道理！」「好帥氣喔！」

……周圍異樣地吵鬧。沒被奇異的眼光看待雖然讓人慶幸，但是這種諒解好像也不太對……

我決定暫且不要在意的同時，繼續在店內信步而行。

就在這時——

「提爾。」

我聽見了呼喚我的輕語聲。

我循著聲音來向，轉頭看過去——

「啊，是艾爾莎啊。」

表情欠缺起伏的銀髮友人站在身後。為何出現在這裡？我沒有這種疑問。畢竟這裡是女性內衣專賣店，她只是來挑選貼身衣物吧。

反倒是艾爾莎才想問我為何出現在這裡吧。

「提爾成為變態了？」

「被懷疑雖然令人遺憾，但是在這狀況下妳會這樣問也很正常。」

但是讓人誤會也不行。

「我先聲明，我只是被某個人帶來這裡。不是自己主動跑來。」

「某個人？」

「教官的親姊姊。」

「米亞有姊姊？」

「是啊。」

「左擁右抱？」

「並沒有。」

艾爾莎的思考模式還是老樣子，不過在這時也許能派上用場。

「我說艾爾莎，我想請妳幫個忙。妳可以現在幫我選些樣式浮誇的內衣嗎？」

「你要我穿上那套，直接進更衣室來一炮？」

「不是。廢話少說，可以現在立刻幫我選一套樣式浮誇的內衣嗎？」

「了解。我會細細品味被提爾命令的喜悅並開始行動。」

艾爾莎緩緩地環顧四周，仔細打量。像是細心推敲般再度掃視周遭後，選了一套極度危險的成套內衣褲，那玩意兒看起來根本只是幾條細繩。

「這套情趣內衣最棒。夜裡的最佳夥伴。」

「真是嚇死人的設計……」

不過把這種腦袋有問題的內衣褲拿給莎拉小姐看，也許能有效刺激她的靈感。我這麼想著，回到了莎拉小姐身旁。艾爾莎也跟了過來。

「莎拉小姐，請看看這個。有沒有冒出靈感？」

「嗚哇！根本只是繩子嘛。你該不會想讓我穿上這套才拿來？」

「並不是。」

拜託不要講這種好像艾爾莎會說的話。

「嘻嘻嘻。只是開開玩笑啦。話說回來，那邊的小姐是？」

「噢，這位是和我同年紀的葬擊士，名叫艾爾莎——艾爾莎，這位是教官的姊姊，莎拉小姐。」

莎拉小姐與愛爾莎對著彼此低頭打招呼。

我再度舉起那套情趣內衣。

「話說莎拉小姐，有什麼靈感嗎？」

「嗯~……也許還需要一點刺激喔。我也找到了這個，不過有種不太對的感覺。」

莎拉小姐如此說著，在我眼前拿起了一套性感薄紗內衣。

細繩設計和薄紗材質，女性內衣界的兩大巨頭在此齊聚一堂。

「實際穿看看就對了。」

對著彷彿覺得刺激不足的莎拉小姐，艾爾莎突然這樣建議：

「穿上去會更有刺激感。區區布料不會帶來興奮。唯獨穿在人的身上，內衣褲才會綻放光采。」

「有道理！」

莎拉小姐彷彿得到天啟般猛然敲響手掌……也許艾爾莎與莎拉小姐不應該相見。這下危險的化學反應已經產生了啊。

「呃……要穿嗎？」

「嗯！這肯定會是全新的刺激，為我帶來靈感啊！提爾要負責觀賞喔。嘻嘻嘻，勸你做好心理準備免得興奮到噴出鼻血喔！」

……非看不可嗎？

哎，畢竟是為了莎拉小姐，就順著她吧……

「吶，我也想穿穿看。繩子或薄紗，其中一種讓給我。」

「算我求妳，拜託妳安分一點。」

「不，既然她都這麼說了，就讓艾爾莎小姐也一起穿吧！」

真的假的？

「況且我有件事想確認，要多加一些釣餌。」

有件事想確認……？

「來吧，艾爾莎小姐，繩子和薄紗，妳要哪種？」

「繩子。」

「那我就穿薄紗。」

於是，莎拉小姐與艾爾莎各自走進試穿室內。

……這下事情會變成怎樣？

※

啊～啊～姊姊又在打歪主意了。

在沙庫德農場之後，姊姊竟然帶著小提造訪女性內衣專賣店。

哎，如果只是把小提帶進店裡，這種程度我還能夠忍受。

但是，如果我躲在衣櫃後方聽見的一切都屬實，姊姊似乎打算讓小提親眼見識她的性感內衣裝扮。

這不行吧！這種事絕對不可以吧！那個發情大嬸到底在想些什麼啊！

而且居然還把艾爾沙也牽扯進來！就算是為了靈感，也該有點限度吧！

無……無論如何都要阻止！必須保護小提不受姊姊她們的美色誘惑！

沒錯！既然這樣，我就幫姊姊她們把衣服都好好穿上吧！

「那……那個，這位客人？請問您在做什麼？」

這下糟了。店員小姐好像把我當作可疑人物。但是我不能在這裡退縮……啊，對了。就把店員也拉到我方陣營中吧！帝都的女性九成都對小提有好感，在這種場合，用小提當誘餌肯定行得通……！

「店……店員小姐，我是米亞．塞繆爾。」

我稍微拉高毛線帽的下緣，如此說道。

「咦？米亞．塞繆爾，就是那位……？」

「是的。其實我在保護提爾的人身安全，希望您能提供一點協助。」

「協……協助嗎……？」

「是的，希望您配合。因為非常簡單，對您也沒有任何壞處。」

「要……要我怎麼做？」

「請和提爾交談。您應該有興趣吧？拜託您了。」

※

「提爾，可以來一下嗎？」

我在試穿室前方等兩人更衣時，艾爾沙從數間並排的更衣間的其中之一，只探出一張臉。

「……幹嘛？」

「我扣不上胸罩背扣，手搆不到。幫忙我。」

「我可以拒絕嗎？」

「你要是拒絕，我就直接到外面裸奔。」

「拜託千萬不要。」

因為她好像真的會這麼做，實在很恐怖，我只好不情不願地接受要求。

我為了走進艾爾莎的更衣間而拉開拉簾的下一個瞬間——

「……！」

理所當然地，穿著細繩內衣褲的艾爾沙全身毫無保留地映入眼簾。

未免太香豔刺激了。艾爾沙雖然背對著我，但上半身的內衣背帶還沒扣上，下半身穿的則是比丁字褲還誇張的某種東西，看上去和全裸也沒多少差異。這就是細繩啊……

「順從慾望上我也沒關係。」

「閉嘴……」

「要看正面？」

「……不看。」

不用想也知道，光憑這種細繩鐵定什麼也遮不住。而且喔，其實鏡子中不時映出艾爾莎的正面模樣，危險部位已經不時映入眼中。

「大大方方正眼看就好了。」

也許是注意到我藉著鏡面窺視的視線，艾爾沙這麼說。

「不過低調好色的提爾我也喜歡。」

「咕……」

「別說這些了，快點幫我扣上吧？」

她才剛這麼說完——

「——弗德奧特先生。」

聲音從背後傳來。那是這間專賣店的女店員的說話聲。

我原本以為她要提醒我在試穿室前方請勿吵鬧，但似乎並非如此——

「請問可以借點時間嗎？請往這邊來。」

「有……有什麼事嗎？」

她一把抓住我的手臂，把我拖向後場。

「那個，今天的天氣很不錯吧？」

隨後女店員開口這麼說道。到底是想幹嘛？

「啊，實不相瞞，我是弗德奧特先生的粉絲。今後也會為您打氣。」

「非……非常謝謝妳……話說回來，找我有事嗎？」
「是的。這個嘛，近來本店剛進了夏季新款，比方說這套您覺得如何？」
不知為何，女店員開始為我介紹新款式的女用內衣。
……到底是怎麼回事，感覺她別有意圖。提出的話題也沒有一貫性，就好像隨便找話題撐場面……對了，感覺就像是在拖延時間。
「——嗚咕……！」
就在這時。
試穿室的方向傳來了呻吟般的聲音。是艾爾沙的聲音。
有人設法把我留在此處的明確異狀。
同時，這位女店員果然就是為了引發這次異狀……
「不好意思，我先走一步。之後請告訴我是什麼人指示妳。」
「啊，請稍等！」
我不理會仍然想叫住我的女店員，走回試穿室。
於是，在拉簾全開的試穿室隔間中，我發現了全身衣物都整齊穿上的艾爾莎，她渾身癱軟倒在裡頭。身上沒有外傷，也還有意識。
但是，究竟發生了什麼事？
「這是怎麼回事？剛才發生了什麼事？」

「有個奇怪的存在，硬是讓我穿上衣服……我的自我認同慘遭凌辱。」

「……什麼跟什麼？」

看來狀況並不嚴重，不過似乎有人強迫艾爾莎穿上衣物。

「該不會就是剛才那個……」

發射橡膠彈的不知名人物──一直監視著我，不時發動頑童的惡作劇般打擾出遊的那個人？而且甚至利用女店員來引導我的動向並且拖延時間。

──話說回來，莎拉小姐現在還好嗎？

如果受害者只有艾爾莎還算好運，若非如此就糟糕了。

我離開艾爾莎身旁，稍稍偷窺莎拉小姐的試穿室。

「……！」

在試穿室裡頭，莎拉小姐和艾爾莎不同，穿著薄紗的情趣內衣，無力地癱坐在地面上。雖然是應該要擔心安危的場面，但注意力卻忍不住飄向那煽情的模樣。

性感薄紗內衣──和細繩相比也許好上幾分，但是裸露度同樣高得嚇人，實在沒辦法長時間正眼直視。

我連忙挪開視線。

「沒……沒事嗎……？」

「嘻嘻嘻，還把視線轉開，提爾好純情喔。」

「還……還能開我玩笑的話，應該還好吧……」

「沒事啦。只是稍微讓對方得手了。」

「……得手是指什麼？」

「那個人想讓我穿上衣服，我抵抗的時候被處以搔癢之刑。」

「犯人和幫艾爾莎穿衣服的是同一人？有看到是誰嗎？如果對方把臉部遮起來了，那個人的身分妳有些頭緒嗎？」

「嗯～哎，為了對方的名譽，我還是不要講比較好吧。」

「咦？如果有頭緒的話，還是告訴我比較好……」

「好了啦好了啦。反正也沒什麼問題，要是戳破也滿可憐的。」

「話不是這樣說……」

「沒事沒事，真的沒關係。好嗎？真的沒有任何問題。我敢保證。」

她逕自對我如此保證，但真的沒問題嗎？不過考慮到的確沒有多麼嚴重的害處，也許這並非我一定要認真追究的問題吧。

「……既然妳都這樣說了，那我就不多過問了。」

「唔嗯唔嗯，很聰明喔。這樣就對了。總之你不用操多餘的心。況且我想調查的事情也已經查清楚了。」

因為撞見了犯人，似乎讓莎拉小姐心中有些收穫。

雖然和武器設計似乎並非同一樁事，究竟是指什麼呢？

「先別管這個了，提爾。接下來你可以到店門外等我嗎？提爾繼續待在這裡的話，那個氣瘋的可疑人物也許又會回來……因為那傢伙嫉妒心真的很重。」

「這樣啊……我明白了。」

於是，我便暫且離開了女性內衣專賣店。

在這之後，我和莎拉小姐會合，與艾爾莎道別，走在帝都的市區中。

不知不覺間時間已到傍晚。我們也沒有預定再到別處，正要回到教官家。

「哎呀～真是開心的一天。」

莎拉小姐突然這麼說道。她是說認真的嗎？原本應該用在散心的一整天，卻不時有謎樣的可疑人物從旁攪局。

「咦～？我是說認真的喔。明明是很棒的一天啊。」

但是就像看穿了我的心思，莎拉小姐說的似乎並非違心之論，對我如此再次強調。

「畢竟還是有不小的收穫啊。」

「武器設計的靈感嗎？」

「這是第一個沒錯。因為今天一整天和提爾共同行動，覺得好像有個大概的方向了。而且應該會用提爾當作主題吧？」

「用我當作主題？」

「嗯。話雖如此，還在構思的階段而已，接下來要漸漸填補細節才行。」

把我當作主題雖然令人害臊，但是找到了方向還是值得慶幸。

「除此之外還有一個收穫，最重要的就是米亞吧。」

「教官她怎麼了嗎？」

「如我所料，米亞真的喜歡提爾喔。」

「嗯？」

她將預料之外的話語拋向我，我只能歪過頭露出疑惑表情。

「什麼意思？」

「很明顯吧？都那麼過度保護了，應該不會錯吧？」

「過於保護……這部分我是不否認，但是教官和今天的外出沒有任何牽扯吧？」

「這個嘛，你覺得呢？」

莎拉小姐別有用意般笑道。

你覺得呢？——這句話的用意雖然叫我在意，但感覺起來我就算追問，她也不會回答。大概是要我自己理解吧。

這時，莎拉小姐將視線稍稍向上抬，感到憂愁般眺望天空。

「（不過該怎麼說才好呢……原來如此，米亞是認真的啊。不惜犧牲假日也要一直

在身旁守候，簡直是令人懷疑有病的愛情表現。哎呀，不過她這副樣子擺在眼前，會讓我有種想出手的心情啊～）」

「……？妳剛才說了什麼嗎？」

「啊哈，沒什麼。」

語畢，她再度面朝前方，向前踏出幾步後，俐落地轉身面對我。

「話說回來，小提。你覺得我這個姊姊怎麼樣？」

「不曉得……對教官來說，大概是愛捉弄人的煩人姊姊吧？」

「嗯，大致上是這樣沒錯。不過還要多加一項。」

莎拉小姐如此說完，沐浴在夕陽光芒中的她對我露出不懷好意的笑。

「我這個人啊，從以前就一直是個壞姊姊，一看到妹妹想要的東西，就忍不住想從旁邊一把搶走喔。」

「……這怎麼了嗎？」

「簡而言之，提爾最好先做好心理準備。」

「是喔。」

雖然聽不太懂她想講什麼，但八成不是什麼好事吧。

——就在我從莎拉小姐的話語中感到不好的預兆時。

「……——！」

霎那間，我察覺了詭譎的氣氛。

莎拉小姐接著不知在說些什麼，但那話語聲已經離我遠去，周遭的嘈雜聲響彷彿從遠方傳來，就好像這個空間中只剩下我一個人——

如此程度的壓迫感。

壓倒性的氣息。

那存在感遮蓋過周遭的一切，彷彿大方宣示我就在此處，但同時又擁有唯獨身經百戰的強者才能察覺的隱蔽性，換言之——

在這條寬敞的大街上，只有我察覺。

（……是那個吧……）

我短暫掃視大街，在熙來攘往的人潮中——我發現一個身穿黑袍的人影，有如海市蜃樓般浮現。

我有印象。

在阿迦里亞瑞普特的覺醒復活事件發生的數天前——在伽列夏諾消失在小巷中的時候——我曾一度目擊那黑袍人影。

（那時候，伽列夏諾他……）

我想他就是在那時受到誘惑。使人類變為惡魔的謎樣組織，誘惑伽列夏諾成為阿迦里亞瑞普特的附身對象，抓住他的人性弱點利用他。

換言之，那個黑袍人——是與惡魔為伍的人類。

站在敵對種族那一邊的賣魂賊。

這種傢伙出現在這裡，又在打什麼歪主意……？

就在我這麼想的時候，黑袍人影倏地彎進了一旁的小巷。

「提爾……怎麼了嗎？」

因為我好一段時間默默靜佇於原地，莎拉小姐擔心地注視著我。

意識被那聲音拉回此處，我吃驚的同時低下頭。

「不好意思，莎拉小姐。可以請妳一個人先回家嗎？」

「咦？」

「我突然有急事得辦。我會叫馬車，請搭上馬車先回家。」

「怎……怎麼回事？」

雖然她這麼問，但我沒有說明。

不久後我叫住一輛空馬車，讓莎拉小姐搭上後，目送馬車遠去。

隨後我開始追蹤黑袍人。

上次因為約會在即讓我無法追蹤到底，但這次不會再好心放過。

我快步在人潮中前進，走進黑袍人剛才轉彎的小巷。

只是稍微遠離大街，行人就變得極端稀疏。

在建築物的環繞下，夕陽也難以照射的後街暗巷。

在陰暗巷弄間前進一段時間，盡頭處是一片比較寬敞的空間。

——垃圾場。

像是地痞流氓會在深夜裡集會的這個空間，當我步入此處的下一個瞬間——

「嗨，初次見面。」

聲音突兀地自上方傳來。來自堆積如山的垃圾頂端。

我像是要仰望天空般將視線投向該處——

「你是……」

一身黑袍——除此之外無以形容的人物，有如垃圾山之王般君臨於該處。

從頭頂到腳尖全部用黑袍遮蓋的那人，在嘴角處貼著淺淺的笑容。

「提爾．弗德奧特。能遇見你真是光榮。」

那音色聽起來像男人也像女人，好像年輕人又像老人，非常不可思議。

很可能用了惡魔的魔法改變音調吧？我如此分析的同時，冷冷瞪向對方。

「大大方方親自迎接我？你是故意引我過來？」

「雖然要邀你來到這垃圾堆實在於心不忍。」

「你是誰？」

「我是人類，你是禁忌之子。」

「……為何站在惡魔那一邊？報上名來。」

「還真是打破砂鍋問到底。很遺憾，我沒打算再回答更多了。」

黑袍人不當一回事般回應。

「雖然有不少反派角色會主動說明，你覺得那種傢伙們到底想幹嘛？在我看來只是善待主角用的劇情道具罷了，我總是這樣覺得。」

「我沒興趣和你閒聊。你為什麼在這裡埋伏我？」

「這還用問？」

——不告訴你。

只剩這句話飄在半空中。

黑袍人的身影早已消失。

霎那間，右側傳來殺氣——匕首的尖端直逼眼前。

千鈞一髮之際，我抓住了黑袍人握著匕首的手腕，阻止他的動作。

「哦，好身手。」

「目的是在這裡殺掉我？」

「隨你猜啊。」

「用不著裝傻。想必我很礙事吧？」

「哎，若問礙事與否，確實是礙事沒錯。」

甩開我的手，黑袍人向後跳開。

「因為你毀了阿迦里亞瑞普特的重生計畫。」

「懷恨在心？」

「你說呢？」

「接下來又在打什麼算盤？」

「我說了，我沒打算告訴你。」

黑袍人放低重心，壓低姿勢衝了過來。有如倏然飛升的燕子般，匕首揮出上鉤拳般的軌跡。

我閃過那次攻擊，下一個瞬間灌注力量賞他一記反擊拳。

拳頭深深陷進黑袍人的腹部。

緊接著我飛起一腳，把黑袍人的身軀踹進垃圾山。

「咕……！」

唾液不斷從嘴角流淌滴落，黑袍人的身子搖搖晃晃。

「哦……滿厲害的嘛。畢竟也是『七翼』嘛……」

「還要打下去的話，可不會留情。」

不過老實說，續戰能力的低落這時已經開始腐蝕我的狀況。

戰鬥拖得越久，對我就越不利。

如果那傢伙也理解這一點，那事情就麻煩了……——

「——小提！」

出乎意料的人聲傳來。同時，一個人影站到我身旁。

「教官——？」

沒錯，現身的正是教官。因為正值假日而身穿便服，就連槍劍都沒帶，儘管如此這位紅髮佳人還是散發著可靠的氣氛。

「哦？」

黑袍人見狀——

「連米亞·塞繆爾都來了啊……真是麻煩。」

不愉快地低語，將匕首收進懷中。

「這狀況就讓我走為上策吧。這實在太過不利。」

「給我等一下」

「只有狗會聽人喊停就停下來。」

語畢，黑袍人腳踢垃圾堆的牆面，移動到牆面的頂端。

「況且我也沒那閒工夫和你們糾纏。短暫的實戰練習，我很愉快喔。那麼——改天見。」

任憑長袍下襬隨風搖擺，那傢伙在附近的屋頂上移動，自視野中消失。

我不認為危機已過。

這次又打算幹下什麼勾當？那傢伙的行動有何目的……

「——小提，沒事嗎？沒受傷吧？」

我思索著黑袍人的目的時，教官擔心我的安危似的問道。

我暫且停止思考，轉身面對教官。

「我沒事。身上沒有受傷。」

「那就太好了。」

米亞教官鬆了口氣，表情轉為柔和。

我對教官提出了單純的疑問。

「很謝謝教官的關心。話說回來，教官居然這麼快就趕到了啊？」

「咦？」

「因為，教官這麼快就趕來助陣我是很高興，但是除非一直跟蹤著我，不然抵達速度絕對不可能這麼快吧？」

但是這怎麼可能呢，教官不可能不惜浪費整天假日一直跟蹤我。

「該不會剛好在附近買東西？」

「啊，呃……就是這樣！」

教官不知為何額頭掛滿冷汗。

「我……我在逛街的時候，正好看見小提一臉肅殺地走在路上，覺得好奇才跟過來看看。於是就撞見這個場面……」

「原來如此。」

這個理由還算合理吧。

「先……先別提這個了，小提。一直在這裡久待也不是辦法，先回到大街上吧？」

「說得也是。」

我點頭後，跟在教官後頭打算離開垃圾場。

就在這時，從教官背上的背包中有東西掉了出來。

我撿起來一看，發現那是——

「毛線帽……？」

「啊——還……還給我！」

教官猛然衝過來從我手中奪下了毛線帽。緊接著，她像是要遮掩什麼般呵呵假笑，將毛線帽使勁塞進背包中。

「教官……妳在著急什麼？」

「沒……沒什麼啦！喔呵呵呵。」

「喔……」

真是莫名其妙的態度。我這麼想著，不經意地看向背包中，發現裡面還塞著看起來像厚質風衣的東西。這是什麼啊……難道有冬季衣物的跳樓大拍賣嗎？初夏都到了，大概是想清掉存貨吧。

不，等一下……今天早上遇到的可疑人物，不就剛好是這身打扮？

身穿長風衣、頭戴毛線帽。一身實在不像初夏該穿的行頭，出現在車廂中的某人。

那身擺明了就是為了隱藏身分的打扮，毫無疑問是刻意變裝吧。如果目的真的是為了跟蹤某人，而且教官現在隨身帶著和跟蹤狂同樣的服裝——？

（不……不可能吧……）

我搖頭否認掠過腦海的預感。

（接下來……）

言歸正傳。黑袍人——和惡魔為伍的那群人，這次又打算幹什麼了？如果目的不是暗中抹殺我，其他可能下手的目標究竟是什麼？

陛下？葬擊士協會的高層？又或者目標不是某個人——

（……天聖祭？）

一年一度的初夏祭典。

在兩星期後即將到來的祭典當日，街上將整天擠滿喧鬧的人潮。

如果他們打算在那一天鬧事的話——

（我會再次毀掉你們的計畫。）

幕間　米亞・塞繆爾的思慕II

「……應該沒有穿幫吧？應該沒問題吧？」

深夜——在常去的酒吧。瑟伊迪一如往常坐在我身旁，不過我實在無法保持平常心。

回顧今天一整天，些許的不安便隨之浮現心頭。

「什麼事情應該沒穿幫？米亞今天到底做什麼去了？」

「呃，那個……跟蹤小提和姊姊。」

「該……該不會已經進展到這個地步了？提爾輕易地就背叛米亞，和姊姊一起消失在賓館林立的街上，是這類的發展嗎！」

「沒有變成妳說的那樣！」

我懶得理會肥皂劇愛好家的戲言。

「正確來說，為了不讓這種狀況成真，我才會跟蹤他們。小提和姊姊一起出遊，這種事實在太讓人不安了，我為了在暗地裡保護小提才會尾隨在後。」

「太過於保護了……」

「隨便妳愛怎麼說都好。起初我自己也懷疑自己太過分，但是現在回顧跟蹤時的種種情境……我覺得我有跟去真是做對了。」

……姊姊也真是的，在外頭和小提牽手，又加上小夏想餵冰給小提吃，還跟艾爾莎一起穿上嚇死人的情趣內衣，簡直太肆無忌憚了吧！這種危險程度，要不是我不時介入攪局，小提的貞操大概已經不保了吧。

「今天一整天都在和姊姊交手……我想姊姊也發現我在跟蹤，有部分也是故意想開我玩笑。」

「是個壞心眼的姊姊？」

「……人並不壞就是了。」

只是……沒錯，非常壞心眼。

「以前就常常這樣，看到我想要的東西就從旁一把搶走……」

現在大概也是，那種習性應該還沒變。

「換……換句話說，環繞著提爾的情愛糾葛現在才正要上演吧……！」

「誰曉得呢。就算真的演變成這樣，我也不會交出小提。」

「哦，很敢說喔。妳這傢伙～」

「我當然敢說啊。因為我是真心喜歡小提。」

但是我沒有勇氣傳達這份心情。更重要的是……在小提取回過去的實力之前，我也沒有資格告訴他。我們已經這樣約好了。兩人間的關係若要向前進展，要在小提完全復

出之後。

「無論如何，日後還要繼續注意姊姊的動向。」

「請注意別被她先馳得點了喔。」

「這當然。」

「不過她挑米亞出門時下手的話，妳也拿她沒辦法吧。比方說這個當下。」

「啊！」

對……對了……我像這樣和瑟伊迪待在酒吧時，萬一姊姊動了歪腦筋，我根本沒辦法應對啊！

「瑟……瑟伊迪！我今天就先回去了！」

「呵呵。知道啦，那就下次見。」

於是，我十萬火急地趕回家。

之後我明白小提和姊姊之間沒有發生任何事，讓我有多麼安心，這大概也無須贅述了吧。

第三章　不高興的妹妹

隔天的午後——

我獨自一人造訪帝都市區。前來調查黑袍人的動向也是用意之一，不過還另有真正的目的。

「……就是這裡吧。」

在帝都之中行人格外稀疏的工業區。

製鐵工廠與造船廠等設施林立的工業區的角落。

有一幢宅邸矗立於該處，我現在站在宅邸門前，注視著玄關大門。

我不太懂如何與住在這裡的人相處。

對那個人，我有一些請求。

我的實力弱化遲遲無法解除的原因是不是惡魔化的影響？如果真是如此，是否有改善的方法？

倘若將來不只是要應付惡魔，還要和黑袍人那類與惡魔聯手的人類周旋下去，我也不能就這樣安於現狀。

我必須克服當下的實力弱化，超越過去的自己，以最強為目標前進。

——同時也是為了守護教官，為了不讓教官為此辛勞。

「好……」

做好覺悟對那人提出請求，我按響門鈴。

等待片刻。

家中傳來腳步聲。

「來了來了～到底是哪位呀～」

喀恰一聲，下一個瞬間大門敞開，一名女性現身於門後。

近似淺褐色的淡金色頭髮蓬鬆凌亂，臉上掛著一副圓框眼鏡，身穿實驗白袍。那人將手伸進鬆垮垮的內衣中搔著身體，在見到我的瞬間表情轉為訝異。

「哦哦？這不是提爾小弟嗎？自己主動跑來還真稀奇耶。」

「妳好，路米娜小姐。」

雖然乍看之下只是個不修邊幅的懶人，但人不可貌相，她可是享譽盛名的國內最頂尖的惡魔研究專家。相較之下沒事就想解剖我這點算是小缺點，雖然我也因此對她敬而遠之，不過只要忽視這一點，她是個值得依靠的人。在社會對禁忌之子的歧視還較為嚴重的時期，這個人一直為我們這些禁忌之子提供醫藥之類的協助。也有些孩子因此保住性命。雖然難以捉摸的態度有時顯得深不可測，但可以信賴。

路米娜小姐斂起了訝異表情後，神情有些得意地笑了。

「你怎麼跑來啦？──這種不長眼的問題人家可不問。人家當然明白。提爾小弟終於下定決心，前來表明意願讓人家親手解剖吧？唔嗯唔嗯。」

「真的不是。」

我立刻否定她的誤會。

「我只是有事相求，才來找路米娜小姐。」

「要解剖？」

「思考請離開解剖。」

「那到底是什麼請求啦？對米亞大姊厭煩了，來索求人家的肉體？」

「這也不是，總之可以先讓我進去嗎？」

「你這人還真是厚臉皮。不過人家也不討厭強勢的提爾小弟喲。來吧，總而言之就先進來。雖然屋裡很亂，不過可別抱怨喔。」

路米娜小姐請我走進屋內。

外觀上只是一幢普通的紅磚宅邸，屋內格局也很普通，不過沒有擺上任何漂亮的家具，映入眼簾的是樸素的桌子與堆積如山的書本。

地板上散落著大量文件，燒杯與試管就隨便擱在窗邊。

就如路米娜小姐所說，室內相當凌亂。

……儘管如此，這個人可是「帝國五大貴族」之一的波普威爾家的千金小姐。不修邊幅的容貌也好，這凌亂不堪的慘狀也好，能夠欠缺千金氣質到這地步，某種意義來說也很厲害。

「……何不從老家帶幾位僕人來幫忙整理？」

「僕人？不用不用。一個人才輕鬆自在。哎，如果提爾小弟願意來照顧人家的話，要接受也不是不行。」

「請恕我拒絕。光照顧教官就費盡心力了。」

「是喔～真是遺憾。」

在路米娜小姐愉快地說著時，數位身穿白袍的人從房內走了出來。這棟宅邸不只是路米娜小姐的自家，同時也是實驗室，所以白天有其他研究員也待在這裡吧。不曉得是不是不想讓男人時常待在自家，研究員全是年輕女性。年紀與其說是女性，該說是實習中的少女吧。與我未曾相識。

「所長～今天早上搬來的奇數翅種的解剖一直不順利，請問要怎麼樣才能順利切開——咦？提爾先生？」

少女研究員們注意到我的存在，露出驚訝的反應。我點頭行禮說「打擾了」之後，她們便莫名興奮地尖叫「呀～跟我打招呼耶～」。

……這一類的反應我還是很難習慣啊。

「少來這種迷妹的反應！又不是發情中的猴子。」

「我們和所長不一樣，這樣面對面相見還是第一次耶！」

「好了啦，這下已經習慣了吧？提爾小弟仔細一看也滿平凡的嘛。」

「哪有！氣場明明就很明顯！這就是英雄的威壓嗎，讓我好感動！」

「言歸正傳，解剖進行得不順利？」

「啊，是的。開胸感覺很棘手……」

我記得她剛才說，解剖對象是奇數翅種吧？

「請問幾片翅膀？」

我這麼一問，其中一位研究員有些害臊地回答：

「咦？啊，呃，十七片。」

「十七片的話……原來如此，是『神盾』啊。」

十七片翅膀的奇數翅種，個體名稱為「神盾」。這種惡魔擁有非常堅硬的表皮。因為各種攻擊都無法生效，在葬擊士之間被視作非常棘手的敵人。

不過，只要知道其弱點，只不過是嘍囉。

「這樣的話，請將手術刀沾上其他惡魔的血，再挑戰一次看看。」

「其他種類的惡魔的血？」

「是的。只要沾染其他惡魔的血，就能溶解神盾的堅硬表皮。神盾擁有吞食同族的

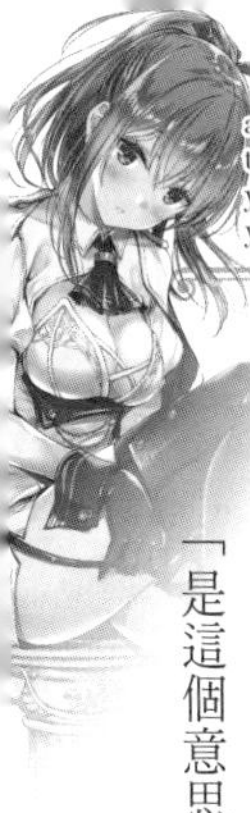

習性，在惡魔之中十分罕見。為了應付神盾，其他惡魔的血液中含有只對神盾作用的溶解毒。請利用這一點。」

「好……好厲害！真的非常謝謝你！你真的很了解呢！」

「哎，沒有這點程度的知識，無法勝任葬擊士的工作。」

「真是了不起！——那麼各位，我們回去進行解剖吧！」

語畢，這群研究員對我低頭行禮後，走回裡側的房間。

路米娜小姐表情傻眼地低語：

「提爾小弟，親切過頭啦。人家的用意是測驗那些新人在沒有提示的狀況下，能夠做到什麼程度喔。」

「咦？原來是這樣喔？」

「哎，事情都過去就算了。看在你那博學的表現，這次放過你吧。」

路米娜小姐坐在附近的桌子上，交抱的雙臂擱在那豐滿的胸脯下方。

「所以呢，提爾小弟的請求究竟是什麼？」

看來她終於願意聽我的正題。我也轉換態度。

「這件事可以請妳保證不外洩嗎？」

「意思是對別人無法啟齒的事，你願意告訴人家？」

「是這個意思沒錯。我還是信任路米娜小姐。」

「……把信任這字眼這樣直球扔過來，人家會不好意思啊。」

路米娜小姐有些害臊般挪開視線。

「哎，總之你就說吧。人家還算守口如瓶喔。」

「那我就立刻切入正題——」

我先如此起頭後，第一次向教官以外的其他人坦承自己能惡魔化的祕密。此外也提出我自己的推論：雖然我的傷勢已經痊癒，實力卻遲遲無法復原的原因，會不會就在於惡魔化？

「我想拜託路米娜小姐調查惡魔化與實力弱化之間的關聯。同時如果確定了實力弱化的原因在於惡魔化，也希望妳接著查明改善的方案。」

「總覺得你扔給人家一個燙手山芋啊。」

路米娜小姐有些不知所措地說。

「哎，因為我也很有興趣，是沒關係。不過這絕非一兩天就能調查清楚，這部分你應該明白吧？」

「當然我沒打算催促妳，檢查上需要之物我也願意提供。」

「就該這樣。」

語畢，路米娜小姐用打量般的視線把我從腳到頭徹底掃視一遍。

「既然這樣，提爾小弟，有個東西我希望你一定要提供給人家。」

「請問是什麼？」

「提爾小弟的遺傳因子。」

「什麼？」

「人家剛才說，想要提爾小弟的遺傳因子。」

路米娜小姐笑得不懷好意，直盯著我瞧。

「你當然……願意給人家吧？」

「遺……遺傳因子……妳……妳是指……」

「遺傳因子就是遺傳因子啊。吶，提爾小弟。人家到底想要什麼，應該不需要說得太露骨吧？就是含有提爾小弟的遺傳因子又黏答答的……那個呀。」

黏答答的那個……？難道真的是……那個？

「那……那個喔……真的一定要？」

「這不是當然的嗎？沒有的話恐怕沒辦法檢查。」

「可……可是……」

「何必這麼躊躇？真的那麼不願意提供那個給人家？」

路米娜小姐依舊一臉賊笑。

「我……我也不是不願意……」

「那是為什麼？覺得有點害羞？」

「是沒錯……」

「是喔是喔。不過啊，不提供給人家就是沒辦法啊。沒有提爾小弟的黏答答的那個，人家也愛莫能助喔。」

「……是有道理。」

「所以啦，就乖乖地提供給人家吧？提爾小弟的——」

路米娜小姐嘴角的笑意更深了。

「——唾液。」

「咦……？」

我有種錯愕的心情。

「那個，呃……是……是唾液喔？」

「這不是廢話嗎？不然會是什麼？」

路米娜小姐還是笑得不懷好意。

這反應，原來如此……她根本是看準了我的反應在耍我……

「嗚哇～嗚哇～該不會小提聯想到生孩子用的那種？呀啊～真是下流～」

「咕……」

我無法反駁，只能咬牙切齒。

「提爾小弟好色喔～和人家兩人獨處的時候想歪，這樣不應該吧～」

「妳……妳講什麼遺傳因子我當然會誤會啊！請直接告訴我是唾液！」
「好啦好啦，沒必要這麼生氣吧？人家道歉嘛，好嗎？不好意思啦，提爾小弟。」
「真是的……」
唯獨這種地方是她的缺點啊。我心中對路米娜小姐的抗拒感更深了——
之後我提供了唾液，為了保險起見也抽了血並接受簡易的身體檢查後，離開了路米娜小姐的自家兼研究所。
她說無法確定結果出爐的日期，看來得拿出耐心等下去了。
與惡魔為伍的人類——黑袍人的陰謀。
我與路米娜小姐道別之後，為了確認是否有黑袍人引發的奇異事件發生，在帝都市區四處觀察。
但是，我並沒有發現詭異的人影或現象——
來到黃昏時分，我決定結束本日的調查。
回到米亞教官的自家時，教官還在工作現場尚未返家，但是我在客廳看見了莎拉小姐的身影。她坐在沙發上，手中拿著鉛筆，直瞪著方格紙。
「啊，提爾你回來啦～」
「我回來了。」

我回答的同時，看向莎拉小姐手中的方格紙。

「那個是武器的設計圖？」

「對啊。雖然設計已經敲定了，也不是馬上就能造出武器。仔細畫出設計圖還是很重要的。」

莎拉小姐說完，將視線挪回方格紙上，用鉛筆在上頭書寫。

眼神認真的她面對著自身工作，那身影看起來就像是帥氣的成熟女性。

然而，我注意到莎拉小姐的腳邊躺著數支空瓶。

全都是酒瓶。

「嗚哇……」

我不由得提高警覺。

倒在地面上的數支空瓶，恐怕就代表了剛才莎拉小姐攝取了多少酒精吧。

而且理所當然地，人只要喝酒——自然就會醉。

再者，莎拉小姐是教官的親姊姊。

既然擁有同樣的基因，酒品恐怕也很糟吧——我心中會湧現這種懷疑而不由得緊張，肯定是人之常情吧。

於是——

「哎呀～提爾真是好厲害。厲害到超～～厲害的感覺！」

莎拉小姐突然這麼說。話說得有點莫名其妙，看來很確定已經醉了。但是她似乎不像教官那樣喝了酒就性情大變。我可以期待她酒品不會太差嗎？不行，還是再靜觀其變比較好……

「……厲害是指什麼？」

「當然是說你過去的人生……或者該說實績吧？重新回顧了一次，提爾年紀雖然輕，卻已經歷經了大風大浪的人生呢。」

「哎，和同年齡層相比的話，也許看起來是這樣吧。」

「沒這回事，就算和老一輩的相比，提爾還是很了不起啊。年紀輕輕就被人家稱作英雄了。和這種男生在同一個屋簷底下生活，我覺得很光榮喔。」

「雖然榮幸，但我覺得似乎誇獎過頭了……」

「你在說什麼啦。提爾就是很厲害。我覺得你可以更有自信一點喔！」

莎拉小姐這麼說完，對我招了招手。

「謙虛過頭反而像諷刺喔。所以說，為了讓提爾能夠更有自信，我給你一個好東西吧。可以來我這邊一下嗎？」

「是什麼？」

我緩步走向坐在沙發上的莎拉小姐。

「更靠近一點。可以蹲到這麼低嗎？」

「到底要給我什麼？」

我這麼發問的同時蹲下身子。莎拉小姐近在眼前。距離甚至比玩桌上遊戲的時候更近。而且彼此之間沒有任何阻隔。讓我開始有些害臊。

「那麼呢，因為提爾明明就很厲害卻忍不住謙虛，我就給你一個增進自信的好東西吧。」

話雖如此，莎拉小姐手中空無一物。她到底要給我什麼？

——如果我有空檔能感到疑問，我應該要多提防她一點。

現在的莎拉小姐處於何種狀況？

現在的莎拉小姐喝醉了。

我應該要理解這一點，並且保持戒心才對。

然而，一切都已經太遲了——

緊接著，我沉沒在柔軟的觸感之中。

短暫的一瞬間，我無法理解當下狀況。

軟綿綿的某種東西貼在我的臉上。

既柔軟又滑溜，而且散發著香氣。

這是什麼啊？雖然感到疑惑，但我理解了當下置身的現況。

「好乖好乖，提爾很棒喔～」

溫柔的說話聲在頭頂上響起。

簡而言之——我被她抱在懷裡。

莎拉小姐把我的臉壓在她單薄貼身衣物的胸口處，為我梳髮般撫著頭。

「聽我說喔，提爾。」

溫柔的說話聲接連傳來。

「你可以對自己更有自信一點喔。畢竟你可是史上最年輕就登上『七翼』的英雄啊。這代表你過去擊退的惡魔數量已經值得英雄的名號。」

被她誇獎了。

莎拉小姐就只是誇獎著我。

原來如此——我心裡想著。

莎拉小姐一定是醉了就會變成這種個性吧。

雖然不知道是不是對誰都這樣，不管三七二十一只管誇獎。

雖然不會性情大變，只是以莫大的母性包容並疼惜對方。

至少對我似乎會變成這樣。

而這反應讓我有點……不，其實是非常害臊。

「那……那個，莎拉小姐……」

「怎麼啦？」

「……可以請妳放開我嗎？」

「我拒絕。」

雖然她的宣言不留餘地，但還是洋溢著包容一切的溫柔。

「對女性手足無措雖然感覺很可愛，但提爾在這方面要增強抵抗力才行喔。像你這種帥氣的小男生，大家絕對會對你窮追猛打的。」

莎拉小姐一面說著，更使勁把我的頭深深擁入懷中。

我應該抵抗嗎？

但是感覺很舒適，不知為何完全沒湧現抵抗心。

嘴巴上雖然要求她放開，但也許我內心對此心滿意足吧。

「很乖喔～提爾。沒有逃走好乖喔。沒錯沒錯，一定要像這樣習慣和女性接觸才行喔。」

「……莎拉小姐不覺得難為情嗎？」

我把臉埋向她胸前，抱緊她的身體。

我以為這樣她應該會感受到不小的羞恥心，然而——

「雖然難為情，但是我覺得提爾沒關係。」

但莎拉小姐毫不掩飾地說道。

「話說回來，在這種狀況下還能擔心別人是很了不起，不過這代表你還有心力想別的事吧？」

莎拉小姐微微一笑，有如頑童般如此輕語後，自她懷中放開我的頭。但這似乎不代表這段時間就此結束。

「那麼，接下來就換這樣吧？我相信厲害又了不起的提爾，一定能忍受這招喔。」

莎拉小姐如此說完，要求我改變姿勢躺在沙發上頭，將頭枕在莎拉小姐的腳上——沒錯，也就是所謂的躺大腿。我完全聽從她的擺布。

「怎麼樣啊，提爾？有沒有想逃走的感覺？」

「……老實說，這樣感覺還比較輕鬆。」

和把臉埋在懷裡的行為相比，這根本算不上什麼。

「哦～很棒喔很棒喔，所以說剛才的擁抱應該是不錯的震撼教育。很好喔～提爾～越來越習慣女性很棒很棒喔～」

莎拉小姐一面稱讚我一面摸著我的頭。

……雖然不覺得厭惡，但她是不是漸漸把我當成小嬰兒對待啊？

「噯，話說回來，米亞有像這樣讓提爾躺大腿嗎？」

「妳說教官？……沒有過。」

「哦哦？那我在這方面領先一步了啊～雖然對米亞不好意思，但是我可不打算認輸喔。」

……不打算認輸是指什麼事？

我這麼想著的時候，莎拉小姐用那迷濛的眼神凝視著我的臉。

「嗳，先不說這些，既然提爾說躺大腿不算什麼，那我可以再提升一點難度嗎？」

「咦？」

「躺大腿時隔著觸感粗糙的長褲還只是初級而已吧？為了獎勵乖巧可愛的提爾，就讓你享受真正的躺大腿吧。所以說啦，不好意思你先起來一下。」

莎拉小姐一說完，暫且挪開了我的頭，自沙發站起身。

緊接著在下一個瞬間——她褪下了長褲。

「啥……？」

事情太過突然，我的思考一瞬間追不上她的行動。但這是現實。莎拉小姐的的確確脫下了長褲。我的視線緊追那香豔的光景。

莎拉小姐的雙腿上一個瞬間還包裹在布料中，現在卻毫無保留坦露在我眼前。

若和擔任葬擊士的教官相比，腿部線條確實較為肉感，但還是修長而且毫無鬆弛的感覺。肌膚彷彿月光下的雪色般白皙潔淨。

「啊嗚……雖然沒想太多就脫了，但實在有點難為情耶。」

莎拉小姐神色羞赧，一面說一面夾緊大腿。儘管她擺出這種姿勢，當然還是無法掩藏任何事物，可愛的白蕾絲內褲一覽無遺。

「……如……如果會害羞的話，馬上穿回來不就好了？」

我依舊無法挪開視線，好不容易終於擠出話語。

我原本以為如果她喝醉後仍維持著近似平常的情緒狀態，只是變得有些愛稱讚人，遠較教官正常許多，但看來這是我的誤會。雖然和教官方向性不同，但還是同樣棘手至極。不只是酒後的溺愛慾望，對我的積極性也增加了。

該說她真不愧是教官的姊姊嗎？精準針對讓我傷腦筋的弱點下手……

「重新穿起來比較好？」

「這……這是當然的吧。」

但是莎拉小姐倔強地左右搖頭。

「我覺得沒什麼關係啊。反正只有提爾看到而已，也想趁機奪下米亞的領先位子。乾脆一鼓作氣，嘿咻～」

莎拉小姐自顧自地自言自語後，再度於沙發上坐下。

緊接著她立刻想把我的頭再度擺到她的大腿上。

「請……請等一下！請打消主意！」

「我不要！廢話少說，細細品味吧。要是就這樣被提爾拒絕，我真的就只是白白丟臉而已吧？既然都脫了，就想脫得有意義。」

「可……可是……！」

「抱歉喔，不會讓你逃走的。」

話一說完，她便抓住了我的頭，緊接著逼迫我的頭部與莎拉小姐的大腿重逢。和剛才簡直完全不同，極度舒適宜人的觸感從我身上奪走了反抗心。

有彈性且柔軟、溫暖的白皙肌膚，直接貼在我的頭部。

光是那一層布料消失，舒適程度便截然不同。

「怎麼樣？應該很舒服吧？」

「哎……我不否認。」

「哦～還滿老實的嘛。呵呵，乖孩子乖孩子。」

語畢，莎拉小姐短暫輕撫我的頭之後，突然又收手。像是俯視谷底般，從我的臉部正上方向下注視著我。

四目相對。心跳頓時加速。莎拉小姐垂下的髮絲拂過臉頰，有種麻癢的感覺。在這甚至能感受到呼吸氣息的極近距離下，莎拉小姐突然開口說道：

「噯，提爾。一定要米亞，我真的不行嗎？」

莫名苦澀的話語如此傳出口。

「咦？」

她口中話語的意義，我光憑字面無法理解，愣愣地回問。

「……是指什麼？」

「好感的對象——我比米亞更懂得奉獻喔。別看我這樣，我滿會做家事的喔。」

「…………」

太過突兀的話題轉換讓我的思考完全追不上。

這……這個人突然開始講什麼啦。

「況且啊，提爾想撒嬌的時候，我也能包容喔。」

「等……等等，那個……」

「除此之外嘛，難受的時候會陪在你身邊，寂寞的時候絕不會離開——啊，對了。想要小孩也能幫你生——」

「請……請等一下……！」

話題似乎要往不妙的方向直衝過去，我好不容易插嘴喊停。

隨後我回顧剛才她對我說的話。

莎拉小姐將自己和教官互相比較。

剛才也說過「不打算認輸」。

將這些要素列入考量，我如此告訴她：

「我……我只是猜測喔。如果……妳只是想要贏過教官，為了吸引我的注意，才做出現在這種事的話，請妳就此打住……我想，在很多方面都不太好。」

「提爾真的好厲害喔。就連這種時候還能保持一定的冷靜耶。」

淺淺一笑之後，莎拉小姐再度輕撫我的頭。

「不過，你沒有猜對喔。」

「沒猜對是指……」

「我不是只為了勝過米亞才這麼做。雖然我不否認和米亞處於競爭關係，但絕對不只是這樣。也許提爾覺得很困擾，但我真的有將提爾放在心上喔。」

突然之間，莎拉小姐露出了非常認真的表情。

「也許你會覺得才認識沒多久講什麼放在心上，但其實我早就認識提爾了。」

早就認識——聽她這麼一說，的確如此。

「因為我是艾爾特．克萊恩斯，單方面認識提爾……不對，第一次知道有提爾這個人，是因為我是米亞的姊姊吧。忘記是多久之前了，米亞曾經對我炫耀自己的學生，說訓練所有個很厲害的禁忌之子，那孩子是個天才之類的。但是對我來說，不認識的人有多厲害也沒感覺，我聽過之後並沒有當一回事。」

……沒有當一回事啊。

「不過某一天，我和那孩子間有了關聯。那孩子從訓練所順利畢業之後，透過協會對我提出打造武器的委託。但是我拒絕了。因為我基本上只為強者打造武器。」

「……真是懷念的往事。」

被拒絕的當下其實很受打擊。雖然才剛畢業，但當時我已經登上「五翼」，就訓練所畢業時的階級而言，已經高到非比尋常。儘管如此，艾爾特．克萊恩斯卻不願意認同我的實力。我記得我也曾怨嘆：這是怎麼回事？

「但是我沒有放棄。」

「對啊。每次立下戰功，提爾就對我送出委託。但我還是全部都拒絕……現在回想起來，那種對應很過分吧。」

歉疚地如此說完，莎拉小姐解釋道：

「但是啊，我會設下只為『七翼』的葬擊士打造武器這條規矩，理由非常單純，因為不這麼做，委託就會多到處理不完。說穿了就是我太忙了，才會挑選客人。」

「……這還是我第一次聽妳提起。原來是這樣喔？」

「就是這樣啊。我不是自視甚高才只幫強者打造武器，單純只是我的工作能力的問題。」

要是有一百個我，就能接下全部的委託了吧。莎拉小姐說道。

「然後啊，像提爾這種人其實還不少。這樣講雖然有點不好意思，就是明明還沒昇上『七翼』卻一直送委託過來的那種，有點死纏爛打的人。」

死……死纏爛打……

「這種人絕大多數，不，在我個人的統計中，一〇〇%到最後都無法升上『七翼』。因為腦袋不夠靈光又不懂得體貼，心裡只想著自己的那種人，實力自然也可想而知。不

過——提爾把我的一〇〇%打亂了。」

莎拉小姐感觸良多般地如此說。

「大概是因為這樣吧，我對提爾這名字非常印象深刻喔。很認真很努力，擁有絕不放棄的心，是這樣一位充滿韌性的男生。」

莎拉小姐直視我的雙眼

「關心這樣的男生，難道真的不應該？」

「……」

心臟猛然蹦跳，我挪開視線。

不妙……不愧是教官的姊姊，兩人很相似。

悄悄溜進我的心裡，使我的理智動搖的感覺，和教官如出一轍。

「噯，提爾……至少我現在對提爾所做的一切，都不是玩玩而已喔。」

如此說著，莎拉小姐的臉龐貼向我。

（這……這狀況……該不會……）

光澤飽滿的脣瓣。

直逼向我——

萬事休矣……！我放棄抵抗閉上眼睛，就在下一個瞬間——

「——停，到此為止。」

異樣冷淡的說話聲，響徹客廳。

「你們兩個到～底是在幹什麼呢？」

我和莎拉小姐的身子頓時僵硬……

隨後，我們在客廳的入口處——看見了惡魔。

「…………」

「…………」

「…………」

平常總是充滿喜悅的晚餐時間，今天有如永久凍土般徹底冰封。

理由已無需贅述，因為我和莎拉小姐的胡鬧，讓教官完全氣炸了。哎，這也是理所當然的反應吧……下班後拖著疲憊的身體回到家，正好撞見自己的姊姊在客廳中正要強吻自己以前的學生。

「教官，那個……真的很對不起……」

「小提是沒關係……呃，雖然不是沒關係，但畢竟是男生……那種情景擺在眼前，本來就很難把持……」

教官的視線不曾看我，一面吃晚餐一面說道。

「至於姊姊……我不會原諒。」

「為什麼啦！我都已經道歉了。」

看起來已經完全酒醒的莎拉小姐，正擺爛似的道歉。

「這種道歉我沒辦法信任。姊姊每次都只是嘴巴上說說。允許妳借住的時候明明都說過不准太超過，偏偏就要犯……」

教官傻眼地這麼說著，同時狠狠瞪向莎拉小姐。

「總而言之，如果姊姊想要我原諒妳，就請妳再次保證絕對不會對小提出手。姊姊對小提這種青少年實在是壞榜樣。」

「米亞還不是會帶壞人家？身體長得這麼色情。」

「身體又不是我能控制的！廢話少說，總之禁止對小提亂來！」

「我偏不要～提爾也不是只屬於米亞一個人的吧？」

「話……話是這樣說沒錯……」

「對吧？妳擅自宣示主權，提爾也會覺得很為難吧？」

「我……我才沒有宣示主權。」

「明明就有啊！那麼露骨！」

「我沒有！」

「有就是有！」

「我就說沒有！」

「真的就是有！」

「我沒有！」

「妳有！」

「我沒有！」

「妳有！」

咕唔唔唔唔……！兩人互瞪的視線在空中迸射火花——

「「——哼！」」

同時甩頭看向一旁。

（…………）

看來這下子演變成姊妹失和了。這下該怎麼辦啊……

（唉……）

——到了最後。

在晚餐時間內兩人也沒有握手言和，就這麼來到了飯後時間。

在我洗碗的時候，教官坐在沙發上檢視明天要解決的委託。莎拉小姐則是在桌旁再度開始晚間小酌。要是再次醉態百出可就麻煩了，不過大概是反省了剛才的行徑，她似乎將酒精攝取量控制在不至於酩酊大醉的程度。

無論如何，兩人並未躲進自己房間，至少還願意待在客廳中。

（這情況該不會……）

雖然想要一個能和好的契機，卻遍尋不著——大概像這樣吧？

畢竟雙方都是有點年紀的成年人了，應該不至於還在氣頭上。

——但是，不知道如何才能導向握手言和的情境。

在我看來，兩人似乎正這麼想。

我洗好了碗，決定先去放好洗澡水。

放好洗澡水回到客廳時，兩人似乎依舊死守著沉默。

室內當然也充斥著尷尬的氣氛，讓人如坐針氈。

（既然如此……）

迫於無奈，只好由我來當和事佬——

「唉……——好了好了，就到此為止。」

突然間。

莎拉小姐心意已決般如此開口後，隨即站起身。她拿著酒瓶和玻璃杯，踩著搖搖晃晃的步伐——來到教官坐的沙發。

「嘿咻～」

緊接著，莎拉小姐在教官身旁沉沉地坐下。

教官表情有些煩躁地挪開身體。

「想……想幹嘛啦……」

「沒有啦，只是想說喔，吵架差不多就到這邊為止吧。」

莎拉小姐舉起玻璃杯，仰頭喝了一口。

「就當作是我不好吧。我也會保證以後不對提爾亂來。」

「……真的？」

「真的。因為妳確實叫我不要對提爾有些奇怪的行徑，而我也覺得既然我在這借住，本來就應該遵守……對提爾也該道個歉，不好意思喔。不光只是那樣想強逼你就範，還把你捲進我和米亞的尷尬空間。」

「不會，我不介意。」

我如此說完，莎拉小姐感到安心般對我微笑。

「提爾真是溫柔。和米亞不一樣，馬上就原諒我了。」

「……有必要把我和小提比較嗎？姊姊老是管不住嘴巴。」

教官有些傻眼地這麼說完，再次猛然甩頭看向一旁。

「我還是先不要原諒妳好了。」

「咦？什麼嘛！我都說我不會再對提爾亂來了嘛。」

「到頭來這句話還是不能相信。畢竟姊姊每次都話才說完，就從旁邊伸手搶走。」

「是被搶的人不好吧？」

「啊，妳是在擺爛吧！」

「不行喔？」

「當然不可以啊！」

……感覺氣氛好像又越來越糟了。

「聽我說，姊姊。狐狸精的行徑沒有人會允許的喔。」

「就是因為沒防範狐狸精，現在米亞才會變成萬年處女吧？」

「萬……萬年……！這是絕對不可以說的那種話吧！」

「只不過是事實吧？而且也毫無女人味。我不只廚藝不差，針線活之類的也滿拿手的喔。」

「但姊姊明明有這些武器，還不是和我一樣——」

「我只是因為艾爾特．克萊恩斯這個假面具害我無法自由動彈而已～米亞明明就滿自由的，男性經驗完全是零未免也太誇張了吧？都已經二十六歲了說。」

「什……什麼嘛！不管有什麼理由，姊姊還不是跟我一樣誇張！我看妳就這樣一輩子抱著酒瓶度過寂寞的人生吧！」

「話雖如此，米亞連借酒澆愁都辦不到吧？」

「我……我哪裡辦不到！我明明就能喝！只是醉了以後有點那個，故意不喝而已！姊姊明明也知道吧！」

「這和不能喝有什麼不一樣？」
「明明就不一樣！只要我想喝，要喝多少都沒問題！」
「是喔？那這杯，妳行嗎？」
莎拉小姐將手中的玻璃杯遞向教官。
教官低吟著「唔……」，短暫躊躇了一瞬間——
「我……我當然行！」
雙方互不相讓，情況開始失控。
教官如此叫道，從莎拉小姐手中奪下了玻璃杯，隨即咕嚕咕嚕地將杯中的酒液——
就顏色來看應該是啤酒——一仰而盡。
完了……
「怎……怎麼樣啊，姊姊！我這不是喝完了嗎？」
「很有一手嘛。不過就一杯而已？」
「我……我當然還能再喝！」
「是喔？那我們就到餐桌旁拚酒吧？」
「正……正如我所願！」
說完，兩人便移動到餐桌旁，開始比拚酒量。
這……這下事態到底會如何發展……我應該阻止嗎？——應該要阻止才對吧！

「教……教官！還有莎拉小姐！請別這樣！這種爭執不好啦！」

「小提，這是我和姊姊的問題！」

「米亞說得對。所以說啦，提爾，不好意思別來插手喔。」

兩人如此堅持，我便成了局外人——……

——雖然我心想這下可糟了，但我當然也無從介入，只能愣愣地靜觀狀況演變——

大概就這麼經過了三十分鐘後。

「嘿嘿～……這場比賽，是倫家贏了吧……」

口齒不清地如此說道的勝利者，是教官。

莎拉小姐已經醉癱，趴在桌上睡著了。

看來單論酒量是教官更勝一籌。

教官明明會酒後亂性，酒量卻又很好，酒品真是糟糕透頂……

「接下來，就別管這個笨姊姊了，找小提來陪吧～」

……咦？

「嘿嘿嘿～小提～……♪」

爛醉程度可說超越了過去所有前例，教官自椅子站起身，朝著我步步進逼。

「來嘛來嘛，小提。倫家贏過姊姊了喲。說倫家是乖孩子嘛～」

「……啥？」

「嗚～這種裝傻的反應就省了啦，快點摸摸倫家的頭，說倫家是乖孩子！」

「是……是的！」

她有些惱怒地逼迫，我連忙立刻同意。

我伸手摸了摸教官的頭。柔順的髮絲傳來好聞的香氣。

「嘿嘿嘿～……好舒服～」

平時認真古板的態度蕩然無存。現在肯定已經進入了正常時教官口中的「黑歷史」的量產階段。

「來嘛，小提……能不能緊緊抱住倫家喵？」

突如其來的貓語！

嗚……難以抗拒的可愛在耳畔縈繞……

我聽從她的要求，將教官的身體摟進懷中。

「嗯呼呼～……小提的味道，倫家好喜歡～」

教官把臉埋進我的懷中。像是撒嬌般把臉頰貼在我胸膛輕輕磨蹭。

隨後她抬起臉，以若有所求的眼神看向我。

「噯，小提……話說回來，剛才小提好像直接躺在姊姊赤裸裸的大腿上？」她說著，直盯著我瞧。

「是……是沒錯……」

「畢竟男生沒辦法抗拒姊姊的誘惑……不過，倫家有一點希望你能戰勝慾望……」

「對……對不起……」

「……你真的感到抱歉？」

教官依然鬧著彆扭般這麼說。

「如果你口是心非，倫家就要這樣對付你喔。」

語畢，她張嘴咬住我的側頸。只是不帶痛楚的輕輕咬嚙。

「教……教官……？」

「真的感到抱歉？」

「真……真的……」

「是喔？不過輸給姊姊的誘惑也是事實……對這樣意志軟弱的小提，還是多做點記號讓大家知道是小米米在養的吧？」

話才說完——她再度張嘴咬下。

「呃……」

「哎呀？覺得酥麻嗎？反應很不錯喔……再讓你多感受幾次吧？」

伴隨著妖豔的氣息，她如此呢喃——緊接著她連連不停輕咬。

一次、兩次、三次、四次……

教官的輕咬不停持續著，直到最後——

「噗哈！……這樣應該就很夠了吧？嗯呼呼～這樣一來小提就沒辦法逃離小白臉的詛咒了。」

稍微使勁咬了最後一下後，教官心滿意足地笑道。

我的頸子現在變成什麼模樣了？想必絕對不能讓別人看見吧……

「不過，這樣就結束也太簡單了吧？」

「咦……？」

「因為呀～剛才咬小提只是標上屬於小米米的記號嘛。接下來才是懲罰小提輸給姊姊的誘惑喔～♪」

「懲……懲罰嗎……？」

「對啊，一起來一下。」

教官牽著我的手，帶我離開客廳。

目的地是教官的房間。

我打掃這房間的頻率大概只有一週一次，和其他房間相較之下，教官的懶散個性毫無保留地展現，看起來相當凌亂。

我被拉進這房間後，聽從指示坐到位於房內窗邊的床鋪邊緣。教官大概是故意不點亮室內的瓦斯燈，在這只有微弱月光的房間中，她並肩坐在我身旁。

……懲罰到底是要幹嘛？

以剛才的輕咬為例，酒醉後的教官會變得非常大膽啊……

「噯，小提，倫家已經覺得想睡了。明天早上再泡澡，現在想先睡了。」

「是……是這樣喔？」

「所以說啊，希望你來換衣服。」

「……！」

我……我來換衣服……是要我幫她換上睡衣？

「這……這就是懲罰？」

「對呀。你可沒有拒絕的權利。」

面露妖豔的笑容如此說完，教官像是宣告自己毫不設防，朝左右伸展雙臂。

「來呀，首先要把衣服脫掉吧。連這種事都辦不到的話，倫家沒辦法養你喲。」

「我……我可不認為自己是小白臉……！」

話說回來，這次的更衣真的非做不可嗎？

這種懲罰未免也太過火了吧。

在開始動手之前精神上就如此疲勞……這根本就是拷問了。

「是怎樣～該不會辦不到吧？」

「教……教官畢竟也是出嫁前的女人家，這樣子實在是不太好吧……？」

「既然這樣……」

教官露出有些羞赧的表情。

「只要小提願意負起責任……那樣不就沒問題了嗎？」

「——！」

魅力至極的這句話，炸飛了我心中某種阻礙。儘管如此我還是維持著絕對不能粗魯行事的紳士態度，決定接受這次的懲罰。

「我……我明白了……我接受懲罰。因為我輸給莎拉小姐的誘惑，必須贖罪……」

「沒錯，你一定要贖罪……不然就不乖喔。」

一面聽著那帶著幾分羞赧而吐出的話語，我將手伸向教官的衣物。葬擊士的制服。我打算先脫下那件熟悉的上衣。鬆開領帶，解開鈕釦，然後輕輕將手臂自袖管中抽出。

教官……去工作時不會穿胸罩。因為制服的胸前部位已經發揮了撐托豐滿胸部的功能，再穿上普通的胸罩就像是兩層胸罩般難以動作，因此她似乎根本不穿一般的胸罩。

因此，在脫下上衣的瞬間胸部便直接裸露在外，不過教官立刻舉起雙臂遮擋。

「這裡現在還不能給你看喔。」

「我……我明白……」

但是，在雙臂擠壓之下柔軟地變形的胸部，看起來非常香豔誘人。一直盯著那個部位似乎會讓我無法維持正常，我便將上衣掛到衣架，同時問道：

「……教官的制服，為什麼胸口開得那麼大？」

「嗯哼哼～因為倫家是浪女，才請人特別做成這種款式喵～」

「咦！」

「這只是玩笑話，真正的理由應該是為了在戰場上吸引惡魔吧。低階的雄性惡魔很容易就會上鉤喔。趁這個空隙一劍砍死。」

「哎，原來有這種意圖……」

「話說回來，這種事現在根本不重要吧？快點幫我把下面也脫掉。」

「好……好的，請稍候……」

我將衣架掛到窗簾軌道上，回到教官身旁。這回我朝著白色迷你窄裙伸出手。比剛才脫去上衣時更強烈的抵抗感湧現心頭，不過我覺得這種時候還是早早動手了事比較輕鬆。

「要……要脫了喔……」

我一鼓作氣脫下了窄裙。

自這瞬間起——雖然是理所當然，內褲映入眼簾。

今天的教官穿著符合她那赤蜂名號的紅色內褲。兩側以綁繩繫住，設計上十分挑逗男性情趣，而且還穿著同色的吊帶襪，非常性感。

「哎呀，小提。眼神很下流喔。」

「對……對不起……」

「也沒什麼關係啊。被小提用這種眼光看待，我也不覺得討厭……」

露出惡作劇般的笑容，教官以激將法催促我。

「快點呀，下流的小提？快點動手嘛，只差一點點了喲。」

「好……好的……」

接下來只剩長靴。脫下長靴後，更換內褲這部分就請她高抬貴手，再來就只剩下為她穿上睡衣。

呼。我鎮定精神，伸手打算脫下長靴。左右依序脫下。

每脫下一條靴子，悶濕的氣味就隨之竄進我的鼻腔。教官今天一整天的努力所醞釀的氣味。雖然有些汗臭但依然好聞，令我吃驚。教官無論何時、無論哪個部位都散發著芳香，真教人不可思議。

我一面這麼想著，結束了褪下長靴的步驟。

教官現在身上就只穿著吊帶襪與內褲而已。心臟急促蹦跳。非常美麗。現在的教官充滿了誘人的魅力，無論是論美感，或者是論性感，我甚至懷疑這世上是否有其他女性更在教官之上。

「……可以不要一直盯著看嗎？實在有點害臊……」

聽教官這麼說，我才發現自己愣愣地一直盯著她瞧。我連忙道歉，並且將扔在床上的睡衣拿到手中，開始為教官穿上。在這過程中，每當指尖拂過滑溜的肌膚——

「嗯……」

教官便吐露嬌豔的呻吟，我的心臟只能不停快速蹦跳。

但我好不容易，花了好大一番功夫，最後還是成功讓教官穿上睡衣，讓她變回應該有的樣子了。

「……更衣，結束了。」

「嗯，謝謝你……做得很好喔。」

教官這麼說著，伸手摸了摸我的頭。

努力完成懲罰真是太好了。我打從心底這麼想，同時對教官問道：

「那個……教官接下來要休息了？這樣我差不多可以離開了……？」

「不～行！」

捉弄人似的笑容。

「沒有人說懲罰已經結束了喵。」

「咦？」

「到倫家睡著為止，要躺在旁邊陪睡喲。」

「躺……躺同一張床！」

「當然啊。快點過來，一起睡吧？為了將來你給我養的時候，先來練習喔。」

「嗚喔啊……！」

教官抓住我的手，猛力一拉，我便被拖進了教官的床上。

現在教官的力氣比我大，我無法抵抗。

況且既然這是懲罰，我就認命接受吧。

教官在床上躺下，我也下定決心躺平。

在同一張床上，感受同一份溫暖。

將身子包在薄毛毯裡頭。

「嗯哼哼～歡迎光臨～」

教官像是把我當成抱枕之類的，緊緊抱住我。

雖然我覺得自己快要失去理智，但還是咬緊牙根忍耐。

「這……這個懲罰……直到教官睡著就好了？」

「不曉得耶～」

不……不曉得……？

哎，話雖如此，教官的睡意看起來已經很重。只要乖乖陪著教官，等到教官睡著再溜下床應該就沒事了。

我這麼想著，讓身子躺在香氣四溢的床鋪上。

我任憑教官緊抱著我，而且還是面對面的姿勢。

因為難以忍受的害臊，我為了轉移注意力而說：

「……拜託教官之後要和莎拉小姐和好喔。」

我沒想太多脫口而出。

教官一瞬間露出陰暗的表情。

剛才的比拚酒量讓事情看似不了了之，但兩人的爭執應該還沒結束。

正因如此，教官才會露出這種表情吧。

「不要……」

教官稍微更加使勁地抱緊了我，像是哭累的孩子說道。

「不要……到頭來姊姊看起來還是沒在反省……」

「我想那樣子應該已經算是有反省了。」

「是怎樣……小提站在姊姊那邊？」

「我……我不是那個意思……」

「總之……不要再提姊姊的事！」

教官說完，把下巴壓在我的頭頂上，像是為了入睡而開始集中精神。

嗯……問題絕非一天造成啊。

莎拉小姐沒事就捉弄我、不值一提的口角爭執、比拚酒量。

可能是因為這些煩躁累積起來，讓教官無法原諒莎拉小姐吧。

但是這些煩躁的根源，還是來自對莎拉小姐的嫉妒？

還是因為莎拉小姐誘惑我，讓教官為之氣結？

如果真是如此，我可以認定教官喜歡我嗎？

或者只是單純出自監護人般的觀點，認定莎拉小姐有害？

無論如何，我希望兩人能夠和好如初。畢竟是珍貴的家人，應該要好好珍惜彼此才對。因為我沒有家人，更是這麼認為。

在我這樣左思右想時，聽見了教官沉靜的呼吸聲。看來她已經睡著了。我沒有立刻溜下床，靜靜地等候了好半晌，確定教官已經熟睡之後，這才悄悄掙脫她的擁抱。

「晚安，教官。」

對那可愛的睡臉如此說道，我離開教官的房間。

接下來，要怎麼做才能讓教官與莎拉小姐和好呢？

「喲，提爾。嘻嘻嘻，是不是和米亞度過了一段美好時光呀～」

回到客廳的時候，莎拉小姐已經醒來。為了驅逐酒意而大口大口灌水，同時對我投出別有用意的笑容。

「我……我並沒做什麼奇怪的事。」

「哦？真的？那你剛才在裡頭幹嘛呀？」

「這個嘛……呃，只是為教官提供方便睡眠的環境而已。」

「哦哦？真的只有這樣？雖然很可疑……哎，也沒差啦。」

這麼說完後，莎拉小姐的表情變得有些消沉。

不久後她開口對我說：

「……噯，提爾。米亞有說我怎樣嗎？」

她如此說道的時候，情緒顯得有些低潮。

看她這反應，也許該說是人之常情吧。

不出我所料，莎拉小姐也對兩人不時吵架的現況覺得介意。若問她和教官的不同之處，大概在於莎拉小姐似乎有和好的意願。

「……她還在生氣？」

聽到她這麼問我，我不假思索決定老實回答：

「教官……那個……好像還在生氣。」

「是喔……果然對提爾發動攻勢踩到她的底線了吧……她生氣的原因八成也在那邊。」

話鋒一轉，莎拉小姐神色不滿地說道：

「但是米亞還真奸詐。我講過好幾次了，提爾又不是米亞的所有物，我要怎麼做是我的自由啊。對吧？」

……她要這樣問，我也不知該作何反應。就客觀來看，也許是這樣沒錯吧。

「唉～有個任性的妹妹真是辛苦……不過啊，我也能夠理解米亞不愉快的心情啦。提爾和米亞已經認識六年了吧？這時我突然從旁殺出來想要橫刀奪愛，她心裡當然不是滋味嘛。」

莎拉小姐使勁地搔著頭，同時長長吐出一口氣。

「真沒辦法，只好退一步了。」

「意思是……？」

「換言之，提爾，你去和米亞約會吧。」

「咦？約會？」

突如其來的指令讓我訝異，莎拉小姐緊接著解釋：

「沒錯，就是約會。只要能和提爾約會，米亞就能憑藉著約會這件事對我耀武揚威，心情應該也會好轉。雖然對我來說這提案等同長敵人威風，心情當然也苦澀，不過畢竟是為了妹妹，也沒其他辦法了。」

語畢，莎拉小姐堅定地盯著我瞧。

「所以說，你去約會吧。」

「妳……妳突然叫我去約會，我也……」

「拜託一下，約會這點小事你就老實接受啦。話說回來喔，提爾的這種地方也是讓米亞氣憤的原因之一吧？」

我的這種地方……？

「我是指你明明喜歡米亞，卻又很少主動出擊。聽我說，提爾。我現在認真問你喔，你應該喜歡米亞吧？」

「這還用問……喜歡啊。非常喜歡。我也直接對教官說過了。」

「沒有錯吧？真的喜歡吧？甚至不惜賭上性命保護她，結果使得實力衰退也對她沒有一句責怪，你就是喜歡米亞到這種地步吧？」

既然這樣——

莎拉小姐話鋒一轉，表情認真地對我說：

「你就要多花時間親近米亞啊。」

「多花時間……」

「對呀。你最近是不是都把時間花在我身上？哎，有時候是我硬拉著你去外頭到處跑才會這樣，但提爾也是隨隨便便就被我拉走了嘛。也許該說是毫無把持吧。你應該更……更重視米亞一點。比方說，最近你有對她表明好感嗎？有沒有？」

「應該……沒有說出口。」

「我就知道。就是因為這樣，去跟米亞約會吧……真是的，真受不了。站在爭奪提爾的立場，要提出這種建議很讓人嘔氣，不過就如我一開始說的，這是我的退讓——雖然在這方面我們是競爭關係，但我更是米亞的姊姊。看到妹妹的心情被人糟蹋，作姊姊的還是會不高興。」

「——」

姊妹。

家族間的羈絆。

我未曾擁有的這項事物，現在展現在眼前。

那耀眼得令人欣羨。

我首先感受到這樣的情感，緊接著——莎拉小姐的話語深深扎進胸口。

她說得沒錯——我最近確實常常把教官撇在一旁。

和莎拉小姐一起行動的記憶還比較多。

我明明應該要更珍惜教官才對——我到底在做些什麼？

「不過啊，剛才的說教完全撇清了我自己的責任。雖然我說的好像米亞會不高興都是提爾的錯，但是最大的原因還是我強逼提爾就範。」

「不……妳剛才說的話，沒有任何錯誤。」

我也認為事實如此。

莎拉小姐只是發動攻勢，就讓教官失去從容而動怒，到頭來原因就是我縮減了我和教官之間的時間——難道不是嗎？

教官對我懷有好感。

雖然我不知道那究竟是對異性的好感，還是身為保護者的好感——

不管是哪一種，似乎都深到讓她對莎拉小姐心生嫉妒。

既然如此——

「我會……去約會。」

「哦？」

「我會和教官去約會。挑教官下次放假的時間，我會約她看看。」

這就是我的回答。

於是莎拉小姐心滿意足地豎起大拇指。

「真教人嫉妒耶。」

「感覺有點抱歉……」

「嘻嘻嘻，沒關係沒關係。身為當姊姊的，這樣才最好——所以說啦，要讓我妹消氣的重責大任，就交到提爾身上了喔？」

「好的，請交給我。」

莎拉小姐自稱想橫刀奪愛，卻又將姊姊的身分放在優先。

若是為了教官，她似乎可以把自己擺到第二。

單就這一點而言——也許我和莎拉小姐還滿相似的。

第四章　為了妹妹

第二天早晨——在太陽才剛升起的時間。

我結束了晨間慢跑回到教官家中時，莎拉小姐正在庭院不知做些什麼。

「早安。請問妳在做什麼？」

「啊，提爾，早安呀。沒有啦，因為設計圖昨天完成了，我想說差不多該著手準備工作台和火爐了。」

「距離天聖祭差不多還剩十天左右吧？」

今年的天聖祭是紀念四百週年的重大慶典。

為了炒熱今年天聖祭的氣氛，莎拉小姐身為艾爾特．克萊恩斯，必須打造出無可挑剔的武器，並且預定在天聖祭當天上台，將武器親手獻給陛下。

「莎拉小姐，到天聖祭開始前請別鬆懈，好好加油。」

「謝謝啦。話說提爾才該加油，今天開口約她去約會只是第一步喔～」

莎拉小姐表情開朗，嘻嘻笑道。

沒錯——因為今天教官放假，我打算約她出門約會。

雖然教官的心情還是不好，但為了讓她心情好轉並且與莎拉小姐重修舊好，我必須讓這次約會成功。

我決定先做好早餐再說，走進家中在廚房忙碌起來。

於是不久後。

「早安，小提。」

教官起床了。

對我的態度——就如這般。教官還是會主動向我搭話，算是一如往常地對待我，因此沒有糟糕到連開口邀約都沒機會。

「姊姊……在院子啊。」

那呢喃聲含著幾分安心。大概是因為不用與莎拉小姐面對面吧。

教官這陣子一直像這樣。兩人自從兩天前大吵一架之後，這種故意避著莎拉小姐的態度就一直持續著

這樣的情景教人寂寞。姊妹就算失和終究還是姊妹啊。

正因為我如此認為，我必須努力恢復教官的情緒。

「教官，今天沒有任何預定行程嗎？」

「是沒有……不過，也許會出門。」

這大概是為了避開莎拉小姐，度過這一天吧？

既然這樣——

「教官，不好意思雖然突兀，既然要外出，要不要與我一起？」

「……？咦？和小提？」

「是的。我想和教官約會。」

不只是為了讓教官心情好轉。我自己也想這麼做。和心儀的對象一起，偶爾找個一天共度時光。為了滿足這樣的慾求，我想與教官約會。

「小提你……」

教官突然稍微甩開臉。

「……明明就比較喜歡和姊姊一起打發時間吧？」

用鬧脾氣似的口吻，像是故意挖苦般低聲說。

看來教官對我還是懷抱著些許不滿吧。

這樣的反應我雖然不討厭，但是一直持續下去也很讓人頭疼。

因此我來到教官面前，握住她的手並否認：

「我比較喜歡和教官一起度過。所以我才會說我想和教官約會。」

「……你真的想？」

「是的。」

我堅定地說道。於是教官臉頰泛紅，稍稍垂下了臉。隨後她抬高視線看向我，用那

藏不住喜悅卻又不願承認的口吻說：

「是……是這樣喔……我……我是覺得去不去都無所謂啦，但如果小提堅持的話，我也只好接受。」

「所以說……」

「嗯，可以啊。為了任性的小提，我就好心陪你約會吧。」

「——！真的很謝謝教官！」

太好了，看來今天應該能跨出最佳的第一步。

接下來只要盡我所能努力，以求抵達最佳的終點線。

於是在早餐後——

教官為了準備出門約會，走向自己房間。

另一方面，莎拉小姐抓住這個空檔，與教官交替似的從庭院回到屋內吃早餐。

莎拉小姐和教官面對面似乎也沒有任何厭惡感，但因為她也明白教官正避著她，才配合她的情緒盡可能避免與她碰面吧。我真覺得她是個好姊姊。

「順利約她出去約會了？」

「萬無一失。」

「那就太好了。那接下來只要開心享受就好了。」

「請交給我吧。」

「已經決定好要去哪裡了？」

「呃，這個嘛……還……還沒有……」

「明明有兩天空檔，卻還沒擬定約會行程？……我說提爾啊，就是這種地方啦！你這種地方真的有點靠不住耶。」

「我很慚愧……」

但這也沒辦法吧？我對這些事很生疏。

「……哎，也沒關係啦。我早就知道會這樣，已經幫你想好行程了。」

「真的嗎？」

「只是大致上啦。說穿了只是挑出米亞應該會喜歡的地點而已。」

「不會，這樣已經很有益處了。」

最能理解教官喜好的，想必就是家人吧。

「所以說，要去哪邊比較好？」

「去海邊應該不錯喔。」

「海邊？」

「因為我和米亞都一樣，是帝都出身。海對我們終究是滿稀奇的。」

帝都位處內陸不鄰海。也因此帝都出身的人似乎大多對大海懷有憧憬。

我記得上次約會去水族館的時候，教官好像還滿興奮的。

「不過也不至於從未見過真正的海吧？」

「當然不至於這麼誇張，見是見過。話雖如此，也沒到看膩的程度。現在這季節只要到南方應該能游泳，我推薦這個好去處喔。」

「那我就照這樣辦吧。」

確實就季節上來說，去海邊是個好選項沒錯。要是能讓教官開心，更是沒話可說。

我雖然想繼續與莎拉小姐討論約會行程的細節——

「嗯～我再給你更多意見也許不太好。」

「為什麼？」

「因為行程會變得太完美。」

「這樣……不好嗎？」

「單就這次情況來說，應該不太好吧。要是準備了太完美的行程，大概會讓米亞覺得不對勁。她應該會懷疑，小提真的能想到這麼周詳的計畫嗎？」

……雖然遺憾，但我應該有些地方讓她們這麼認定吧。

「然後啊，米亞一旦起疑，追逐那個疑問到最後，察覺是我暗中協助提爾的話，她會怎麼想？」

「應該……不會高興吧。看起來也許像是我依靠著莎拉小姐。而這件事對教官而言想必不是滋味。」

「就是這樣。所以這次我不會再插手了。前往海邊之後剩下的事，全都由提爾你自己解決，ＯＫ？」

「我明白了。」

所以說，單就這次的約會，我的稚拙行程比較好吧。要是讓教官感覺到莎拉小姐的影響就失敗了。

「哎，總之你就好好加油吧。」

將早餐吃光的同時，莎拉小姐對我使了個眼神。

我點頭回應。

之後莎拉小姐打算再度回到庭院進行作業，但就在這時。

「——小提，久等了！」

教官從自己房間回到了客廳。

教官撞見莎拉小姐的情境讓我緊張起來，但同時也不禁驚為天人。因為教官的可愛程度已經突破了極限。

經過打扮的教官身穿樣式簡單的白色連身裙。髮型是一如往常的馬尾，但是戴上了草帽的模樣看起來格外涼爽。感覺彷彿夏季氣息化為人形站在我眼前般。雖然還是老樣子似乎幾乎沒上妝，但教官的素顏就已經可愛到嚇人，這樣就很充分了。

這身打扮的教官注意到莎拉小姐出現在客廳，有些冷漠地垂下視線。

莎拉小姐面對這樣的反應——

「哦，很可愛嘛，米亞。聽說妳接下來要出門約會？好好享受喔。」

她以非常爽朗的態度說完，走出大門前往庭院。

教官的視線追逐著莎拉小姐而去。

「姊姊她……不會不甘心嗎？」

「教官？」

「啊，沒事……沒什麼。那我們差不多也該出門了？」

「就這麼辦吧。」

「要去哪裡？小提有什麼想去的地方嗎？」

「現在天氣也越來越熱了，我想說往南方到海邊小鎮看看，怎麼樣？」

「啊，不錯耶。我喜歡海邊。既然小提想去的話，就去海邊吧。」

「既然教官也這樣說，就這樣辦吧。」

就如莎拉小姐所說，教官顯得興致勃勃。

於是我們便前往海邊小鎮。

搭乘帝都中央鐵軌的火車，我和教官造訪了帝國南部的港口小鎮。

在車站下車後，比帝都乾爽的空氣迎接我們。

「雖然氣溫感覺偏高，但不算太熱吧。」

「應該是因為沒有濕氣。」

不只是空氣給人的感覺，映入眼簾的景色也與帝都截然不同。美麗的大海就在不遠處，樹林中的樹種也是南部特有的種類。因為此處並非都會，港邊小鎮的氣氛該說是悠閒自得吧，有種非常純樸的感覺。

「好啦，接下來該去哪邊呢？總之先到海邊散步？」

「聽起來不錯啊，就去散步吧？」

我們手牽著手，走在沿著海岸鋪設的步道上。因為是地方小鎮，人潮也很少，散步起來相當舒適。走在路上的行人大概是帝都的十分之一，不，也許還更少。

沙灘上好像有釣客或泳客，不過人數看起來也不多。

「不錯耶，沒有人的感覺真好。」

「教官會把自家選在帝都郊外，這也是原因之一？」

「是啊。我不太喜歡人來人往的地方。」

米亞教官這麼說著，放眼望向大海。

悠悠吹來的海風拂動教官的白連身裙。她一隻手按著草帽以免帽子被海風吹走，同時眺望著大海說道：

「好漂亮……」

她靜靜地呢喃。教官還比較漂亮——我原本想這麼說，但是覺得未免太過做作，於是便將湧上喉頭的話語吞了回去。

就在這時——

「喵～」

聽見可愛的叫聲傳到耳畔，我這才發現有隻貓挨近我的腳邊。印象中這小鎮曾有一段時期是座著名的貓鎮。我記得原因是漁港就在不遠處，貓兒比較有機會從漁夫手上得到多餘的漁獲，因為容易得到溫飽，便在此處大量繁殖。

這個小鎮現在似乎還是有貓鎮的一面，不知不覺間十來隻的貓聚集在我和教官的腳邊。也許是誤以為能得到飼料吧。

「大家都是野貓嗎？但是毛都長得好漂亮。」

教官當場蹲下身，撫摸著貓咪們。

「呵呵，好可愛。」

「教官喜歡貓？」

「喜歡啊。我在世上第二喜歡的就是貓喔。」

「第一名是什麼？」

「這個嘛……祕密。」

像是要敷衍過去似的淺淺一笑，教官倏地抱起其中一隻貓。

「你很壯喔，是男生嗎？啊，真的是男生。呵呵，很健康的蛋蛋喔。」

……教官剛才說了蛋蛋？真的沒問題嗎？

「好乖好乖，好可愛喔。」

米亞教官把貓放在大腿上，開始撫摸貓的背。

那隻貓也許真的能理解現在撫摸自己的那人超級可愛，完全沒有離開教官大腿的念頭……真教人羨慕，那個位子讓給我啊。

教官現在蹲著身子，這時另一隻貓鑽進了教官的連身裙底下。

「啊……不乖！不可以舔那邊喔。」

喂！鑽進連身裙裙底到底是在舔哪裡！

儘管是隻貓，我認為有些事情還是要有分寸。

當我這麼想的時候，另一隻貓輕盈跳上我的肩膀。緊接著用自己的頭貼向我的頭，做出反覆摩擦的動作。

「哎呀，那隻貓想磨蹭小提呢。」

「這動作有什麼用意嗎？」

「應該是很中意小提吧？貓的磨蹭動作有愛情表現和做標記的用意在喔。」

「哦，是這樣喔？」

說到做標記這件事，我前幾天也被酒醉後的教官連連輕咬……雖然當時的痕跡已經消失得一乾二淨，但現在回想起來那愛情表現真是驚人。

「呵呵，人家一直黏著你呢。而且還是母貓耶，我會吃醋呢。」

教官打趣般說著，愉快地微笑。面對莎拉小姐時也能維持這種大方的態度就好了。這樣的念頭掠過心頭。

「好了，和貓咪近距離接觸是很好玩，不過也不能只顧著陪貓玩。我們繼續散步吧。」

「說得也是。」

點頭之後，我和教官繼續在海邊信步而行，卻引發了貓群緊追不捨的奇異狀況，最後我們整個上午的時間都耗費在與貓嬉戲。

到了中午時分，我們走進附近的餐廳，享用了以豐富海產料理的海鮮燉飯。在這之後——

「呼～悠閒的感覺真好。」

我們下到附近的海灘，將帶來的防水布舖在沙灘上，一邊休息一邊眺望大海。

我坐在教官身邊，如教官所說，享受悠閒時光。

「小提，要不要躺下來？」

「躺下？」

「嗯，我的大腿讓你躺。」

教官如此輕語的同時，表情顯得有些羞赧。

「為……為什麼要這樣……？」

「因為……小提前幾天躺過姊姊的大腿吧？既然這樣，我想說稍微對抗一下。」

原來是這麼回事。

「你不願意的話，當然我也不勉強。」

「不會……那就麻煩了。」

畢竟是教官主動提出的，況且這正如我所願。

「來，可以把頭擺在這邊喔。」

教官將雙腿改為跪坐姿勢，拍打自己的膝頭。因為連身裙的下襬偏長，並非直接與肌膚接觸。但是布料相當單薄，和直接接觸也沒太大差別。

恭敬不如從命，我立刻躺下將頭部擺在該處。雖然這姿勢也叫膝枕，但躺的部位幾乎完全是大腿。穠纖合度的大腿肌肉隔著布料承接我的頭部而微微凹陷。

「小提，感覺怎樣？」

「很放心。」

雖然有點害臊，但主要還是安詳的感覺。可以把頭部交付給足以信賴的女性的大腿上，肯定是件幸福的事吧。

「是喔？那就好。」

教官不慌不忙，面露柔和微笑。但似乎還是免不了有些害臊，不時夾緊雙腿互相磨蹭。那震動也傳到我的頭部，細微和緩的震動有如搖籃般舒適宜人。

「好乖好乖，小提總是很努力，好了不起喔。不過你願不願意拋棄這些努力，乖乖給我養？」

不久後，教官一面說著這種話，開始撫摸我的頭。

「……教官，我講過好幾次了，我沒有這種打算。」

「可惜。既然你都拒絕了我，今後也要讓我看見你努力下去的模樣喔。啊，但是不可以太勉強自己喲。」

米亞教官這麼說著，再度摸著我的頭。她像這樣大方揮灑療癒氣氛，別說是鬥志恢復，反而有種人生的動力全都會流失的感覺。

教官的大腿，確實有種讓人想要永遠這樣躺下去的魅力。

雖然沒有睡意，但我闔上眼睛，讓意識更加集中在這份安詳。

「閉起眼睛的時候，年幼時候的輪廓就浮現了呢～呵呵，好可愛。」

請別說我可愛。

「噯，小提。今天就這樣什麼也別做，靜靜度過一整天吧？」

「這樣感覺又太可惜了。」

「說得也是。難得都來到海邊了，還是想試試只有海邊才能體驗的樂趣。」

只有海邊才能體驗的樂趣。

睜開眼睛看向人數不多的泳客，答案自然浮現腦海。

「我們也去游泳吧？」

「不過，我沒帶泳裝來。」

「直接在附近買也可以吧？我剛才在那邊看到賣泳裝的店家。因為店滿小間的，種類大概算不上豐富就是了。」

「那我們就去那間店看看吧？」

於是我們便走向那間泳裝店。

如我所料，不同於帝都的店家，商品種類算不上豐富，但最基本的泳裝款式一應俱全。除了泳裝之外也販賣泳圈和遮陽傘等海灘用品。

我隨便選了海灘褲型的泳裝，但教官似乎遲遲無法決定。

「嗳，小提。比基尼和競技泳裝，你覺得那種比較好？」

由於貨色貧乏，女用泳裝的選項似乎自動縮減至這兩種。

比基尼或競技泳裝。

唔，真難抉擇……教官的身材應該穿什麼都適合。正因如此更讓人難以決定。

「……話說教官比較喜歡哪種？」

「就是因為沒辦法決定，我才會問小提啊。」

「對喔……」

換言之，決定權似乎交到我手上了。

（該怎麼選才對……）

若比基尼和競技泳裝單純相比，是比基尼比較好。雖然以緊身材質清晰凸顯身材曲線的競技泳裝也難以捨棄，不過在約會時想看的還是比基尼，就布料面積來說也該選比基尼。唯獨這一刻，我就忠實於自己的慾望吧。

「……教官，可以拜託妳選比基尼嗎？」

「小提好色……」

「為……為什麼啦！是因為教官把選擇權交給我，我才……！」

「沒事沒事，開個玩笑啦。只要小提要求，我就會穿比基尼給小提看喔。」

教官話才說完，便在比基尼的陳列架旁開始挑選。最後她選了一套和現在穿的連身裙色調相同，有少許荷葉邊裝飾的白色比基尼。

「那我就去試穿了喔。」

語畢，她走進試穿室。

更衣時的衣物摩擦聲隨即傳來，讓我有些心神不寧。在這情緒中等候沒有太久——

「嗯，尺寸沒什麼問題。」

連身裙打扮的教官理所當然般走了出來。

「那個……不是要讓我看一下泳裝穿起來怎樣嗎？」

「哎呀，表情看起來有點失望耶。不過儘管放心，等回到沙灘上，我會讓小提看的，好嗎？現在讓你看見，期待不就打折扣了嗎？……除此之外，還是覺得有點害臊，先給我一點時間做好心理準備，好嗎？」

「原來如此，我明白了。」

確實與其在這地方，泳裝的處女秀還是在沙灘上更適合，況且教官覺得害臊的話，要多少時間也無所謂。

我們在這之後支付費用購買了泳裝。除此之外也買了陽傘和浴巾，教官還買了防曬油。

「小提，難得來到這邊就選個人少的地方占位子吧。營造一點私人海灘的氣氛。」

我們再度來到沙灘時，教官如此說道。我對這個提議沒有什麼意見，因此我們便來到沒有任何泳客身影的巨岩後方。

「哇～感覺好棒喔！這裡現在是只屬於我們的世界！」

巨岩後方的沙灘沒有其他遊客。教官罕見地興奮大叫，不過那心情我也很能理解。能夠獨占這個空間確實令人情緒昂揚。

在教官大喊大叫時，我鋪好了防水布，豎起遮陽傘。

「教官現在已經把泳裝穿在底下了嗎？」

「是啊，剛才試穿之後就沒脫。」

「我現在才要換上泳褲。請不要轉頭看後面。」

「知道了。」

於是我脫下衣服，穿上沙灘褲型的泳褲。

我告知更衣已經結束後，教官便轉頭看向我——

「……還是老樣子，身體很結實呢。」

她的臉有些發紅，呢喃說道。

等會兒看見了穿上比基尼泳裝的教官，就輪到我臉紅了吧。我這麼想的同時說：

「我等教官的泳裝已經等好久了……不行嗎？」

「沒有，沒這回事……說得也是，只讓小提一個人脫太不公平了嘛。我一定會脫的，好嗎？」

教官說完，來到遮陽傘旁，首先將草帽擺在防水布上。

隨後她像是下定決心般褪下白色連身裙，而連身裙底下已經——

「……」

我不由得屏息。

就女性而言身材堪稱完美無瑕的纖柔肉體，現在穿上了有著可愛荷葉邊的白色比基尼。

豐滿的胸部洋溢著健康而非下流的性感，視線先飄向該處，隨後向下挪，緊實凹陷的腰肢與可愛的肚臍映入眼簾——

緊接著是沒有多餘脂肪的下腹部。

還有雖然肌肉緊實，但也不失女性豐腴的柔軟大腿。

現在展現在眼前的，正是足以奪走男性理性的頂級身材。

儘管如此，我為了屏除邪念而甩了甩頭，對教官傳達我對那身泳裝的感想。

「我覺得……很漂亮，也很可愛。」

「……真的嗎？因為吃過午餐不久，肚子應該稍微有點凸……」

「這種小事，我一點也不在意。」

嘴巴上這麼說著，我再度仔細打量腹部一帶，確實似乎稍微隆起，但就如我所說的，實在不到令人介意的程度。

總而言之，教官實在教人憐愛。

能夠獨占這個人的泳裝打扮，直令我想感謝。

「那教官……接下來要怎麼辦？馬上去遊一趟？」

「啊，先等一下。」

教官這麼說完，從行囊中取出了一個小瓶子。

「不好意思……小提，可以請你先幫我塗上這個嗎？」

「那是……防曬油吧？」

大概是教官剛才買來的。

「是啊，到了這個年紀，日曬實在是天敵……在游泳前不先塗上這個不行。」

「但是那個不會一下水就被沖掉嗎？」

「好像有防水功能，這方面應該不用擔心。」

「那……要由我來幫教官塗？」

「為了徹底塗到每個角落就一定要勞煩別人幫忙才行……如果你不願意，當然也可以拒絕。」

「我……我沒有不願意。請讓我幫忙。」

這是為了守護教官的肌膚，就算害臊也無法拒絕。

「謝謝你……那我先躺好，等一下喔。」

說完，教官便在防水布上趴下。

就連那模樣也萬分誘人。完美無瑕的白皙美背，以及柔軟有彈性的渾圓臀部。

教官全身的每一個部位都散發著某種魅力。

（……真是有害眼睛。）

這麼想著的同時，我將防曬油的瓶子拿到手中，跪坐在教官身旁。
「那個，我可以開始塗了嗎？」
「可以啊……要溫柔點喔。」
我當然會啊。我在心中回嘴後，打開了防曬油的瓶蓋。
雖然算不上臭味，但有些獨特的香氣……——那味道從瓶中溢出。
我放倒瓶身，讓乳液狀的內容物流淌在我的掌心。
（只要把這個塗滿全身就行了吧……）
我立刻將防曬乳液塗抹在教官的背部。
教官的美背滑溜溜的。
有其他男人觸碰過這片背部嗎？恐怕不存在吧？
我對此心生一股優越感，同時將防曬乳液在教官背上抹開。
當然只塗背部也沒意義，應該必須塗滿全身吧。
因此我緩緩地改變塗抹的部位。
首先從背部往手臂移動。
動作像是按摩般，以防曬乳液包覆教官的纖瘦手臂。
之後我將視線轉向臀部。
「教官……我……我要塗屁股那邊了喔。」

我這麼問道，教官只是點頭回應。

該怎麼說呢，她似乎覺得很舒服。

我說的不是那種下流的意思，而是情緒很放鬆，好像連開口講話都覺得懶，教官表現全盤的信任，全身上下任由我擺布。

為了不背叛教官的信賴，我當然也不會有任何邪念——

我專心一意開始在教官的臀部塗抹防曬油。

雖說是臀部，但是我當然沒有特地掀開比基尼塗抹，只是針對自比基尼布料溢出的些許肉感部位塗抹而已。

就這麼單純而已。話雖如此，事態還是不可小覷。

因為我現在毫無疑問正觸摸著教官的屁股。

（好……好軟……）

不只軟，也富含彈性。

教官的屁股那份肉感的彈性，有種讓人想要一直摸下去的妖異魅力。

但是，我當然也不能一直這樣摸個沒完，緊接著——我的手從臀部滑向大腿的方向。

大腿摸起來感覺彈性更勝臀部之上。臀部還有少許的贅肉，但大腿可說是幾乎沒有。

試著用指頭按壓，肌膚的彈性就會瞬間推向指頭，觸感非常健康。

我一面享受著那觸感一面擴展防曬乳液的範圍，從大腿挪向小腿肚，再從小腿到腳踝，讓防曬乳液的保護面積不斷擴大。

這時我將身體背面大致都塗完了，但是……

「那個……教官？再怎麼說身體前方妳應該會自己塗吧？」

我問道。

這時教官挺起身子，看向我。

於是——

「——！」

教官的眼神……

發現那眼神異樣地迷濛，讓我大吃一驚。

「咦？……教……教官？」

「小提也真是的……你很會塗嘛，技術很好耶。」

氣氛——截然不同了。

那已經——不是剛才的教官。

那狀態就好像……已經酒醉了似的。

（——該不會……）

不好的預感倏地略過腦海，我連忙凝神看向手中的罐子。

防曬油的容器。

我直盯著貼在容器上的成分表，仔細確認以細小文字記載的成分——

（唔……我就知道！）

果不其然，這罐防曬油——含有乙醇。

常人應該不會因為這種程度的乙醇就引發酒醉反應。

但是教官光是吃了一顆威士忌酒心巧克力就會酩酊大醉，光是聞到酒精的味道就會酒後亂性，易醉的程度堪稱是傳說級。

這種人要是把含有乙醇的防曬油塗滿半片身子，當然會因為皮膚的吸收而酒醉。

「教……教官，請保持理性……！」

「哎呀，你在說什麼呢？小米米一直都很理性喔。」

「當妳用小米米稱呼自己就已經很不正常了喔！」

「討厭，這種事根本不重要吧。話說小提，你還沒幫我身體前半塗上防曬油耶。」

「那……那邊請妳自己解決！」

背部、臀部和大腿勉強還能說過去，胸部或下腹部之類的部位再怎麼說都是不能摸的領域吧。

「自己塗不夠均勻，小提幫我吧？」

「我……我拒絕！」

「什麼嘛～真沒膽。」

「要說我沒膽也無所謂！」

「嗯呵呵～不過我滿喜歡小提沒膽的個性喔。特別是明明很有實力，但一扯上女性相關的事情就立刻變得好軟弱的感覺──」

──我覺得真～的好可愛耶……

她突然把臉貼向我，如此耳語。某種酥麻感頓時在我的身體中奔馳。

「嗯呵呵……討厭啦，真的好可愛。真想永遠擺在自己身旁。真想養你到永遠。不想交給任何人，也不想讓任何人搶走。噯，小提，啊啊，小提……你願意永遠陪在我身邊吧？」

細語聲中隱隱約約透著哀傷，教官將全身依向我。

像是撒嬌般，把臉埋進我的懷裡。

真是超乎想像的愛情表現。

（我千萬不能會錯意……）

現在的教官就只是醉了。

並非正常──也就是異常狀態。

所以我不能當真……這只是酒後的戲言罷了。

「教官……總之先放開我吧。」

「我這樣子，你覺得很煩？」

「不是這個意思。但這裡是戶外，而且防曬油才塗到一半而已吧？」

「小提要幫我塗？」

「我……我剛才說過我不會幫啦！前面麻煩自己解決。」

「不要！」

「請不要講得好像小孩子在鬧脾氣……」

「不要就是不要！小提幫我塗！」

「我不幫。」

「嗚～～！」教官大為不滿地鼓起臉頰。「小提死腦筋！」

「隨便妳要怎麼說都可以。」

「那前面我就自己塗嘛！不用你幫了！」

教官自暴自棄般說完，從我手中搶下了防曬乳液的容器。

隨後她流暢地將之塗抹在自己身上。

真是的，打從一開始就這樣不就好了……

「好了，塗完了！小提，我們快去游泳吧！」

「不可以，請等一下！在酒醉的狀態下水很危險啦。」

「是怎樣啦！小米米才沒有喝醉呢～！」

「妳已經醉到極限了啦！」

「又沒有關係～只要小提一直跟在我身旁，我就很安全吧？」

「全指望我嗎……」

「你不願意保護我？」

用楚楚可憐的表情抬眼講這種話真的有夠奸詐。

「唉……我知道了啦。我會一直陪在身邊照顧妳的，我們下水吧。」

「好耶～！」

忘記自己的年紀般高舉雙手蹦蹦跳跳，教官立刻就奔向海浪拍打的淺灘。

真有活力……

「快點啊，小提也快點來！」

「我現在就去。」

我也移動到浪潮進退處，和教官一樣走進淺灘。

沒有其他遊客，澄澈透明的淺海——居然能和換上泳裝的教官兩人獨處享受這片情景，有如夢想成真令人興奮。要是教官沒有酒醉就更好了。

「——嘿呀！」

嘩啦一聲。水花突然撲向我的身體。

那並非波浪，而是——

「——嘿！」

嘩啦。那由教官人為引發。

「嘿嘿嘿～小提濕透了～」

「居……居然潑我……」

「來呀來呀，覺得不甘心的話小提也試試看嘛！看招～！」

教官雀躍地說著，不斷把水嘩啦嘩啦地潑向我。

孩子氣地嬉鬧的可愛模樣讓我差點看呆的同時，我也不服輸地一笑，與她開始打水仗。況且用水潑她應該也能讓她早點恢復正常吧。

「教官，我要上了喔。」

嘩啦！

「呀！你很敢喔～我也不能輸，嘿呀！」

「咕！還沒完！」

嘩啦！嘩啦！嘩啦嘩啦嘩啦！

海水在我們之間飛來飛去。

雖然孩子氣，但只要和教官一起，不管做什麼都開心。

「唉～都是小提害我都濕透了啦。」

告一段落時，教官如此說道。雖然言詞的選擇似乎含有惡意，反正一定是故意的吧。

臉上也掛著不懷好意的笑，一定是打算捉弄我。

「教官，又不是國中男生，請不要故意選那種別有用意的字眼。」

「討厭啦，反應好古板。」

「只是教官太沒節制而已。」

因為現在酒醉還沒醒，這也是沒辦法的事。

「不好意思我就是不懂節制嘛。因為我不懂得節制，就連這種事都敢做喔～」

像是故意將錯就錯，教官純真地撲上來抱住我。

「等……等等……！」

「反正又沒別人，沒關係吧？」

「就算這樣……」

雖然附近沒有別人，但畢竟是戶外。而且彼此都穿著泳裝。各方面都很不妙。特別是柔軟的部位緊壓在我身上這一點。

「呼～緊貼著小提感覺好安心喔。」

「請……請放開我啦……」

「但是你也不討厭吧？」

「這……」

「嗯哼哼～說中了吧？討厭啦，真的好可愛～」

像是疼愛小狗般，教官使勁搔著我的頭髮。

我覺得很害臊，與教官拉開距離轉身背對她。

「別……別鬧了，就正常玩水吧。」

「那我們就比賽游到遠一點的地方吧。嗯呼呼～要是我贏了就能獲得養小提一輩子的權利，就這樣說定了。」

「啥？」

「終點就設在那個自海中冒出頭的石頭喔。開始！」

「等……等一下！」

教官立刻就嘩啦嘩啦地開始游泳。

我連忙追趕向她，為了抵抗那單方面的勝利報酬。誰要被養啊——懷著這樣的抵抗心拚命游泳，追過教官，勉強奪得了勝利。

「哎呀～小提好快喔～好厲害！」

「還……還差得遠……」

我已經上氣不接下氣，教官依然從容自在。她一定沒有拿出真本事，嘴巴上那樣說但實際上還是放水讓我吧。儘管醉了還是體恤我的體力衰減，真不愧是教官。

「……話說回來，這裡滿深的耶。」

這位置水深到腳踩不到底。帶著酒醉的教官遠離淺灘也很可怕，還是盡早折返比較好吧。

我這麼想著，握起教官的手想往沙灘方向折返時——

「嗚哇……小提，看那個！」

——教官的吶喊聲。

我感到訝異，轉頭確認後方情況，這瞬間我理解了教官為何焦急。

從近海的方向——巨浪直衝而來。雖然那完全算不上堪稱海嘯的程度，但浪頭已經足以輕易蓋過我們的頭，波浪高度確實不低。

「小提！不可以放開我喔！」

如此說完，教官緊緊地抱住了我的身體。

雖然害臊，但我也立刻同樣緊抱住教官。為了降低兩人被沖散而遇難的可能性，這是必要的行動吧。

不久後——巨浪直逼眼前。

我和教官閉起眼睛，屏息準備迎接衝擊。

下一個瞬間——

無聲的世界。上下左右的感覺頓時消失，在這陣莫名奇妙之中我甚至無法抗拒，儘管如此我還是為了絕對不失去教官的觸感而緊抱著她，同時祈禱翻騰的衝擊力早一點離我們遠去，一直忍耐著。

「——噗哈！」

那彷彿會永遠持續的短暫片刻過去後，我將臉探出海面。

聲音回到意識中，也看見教官在眼前劇烈咳嗽。

「教……教官，沒事嗎？」

「咳咳咳……！呃，嗯，算是沒事。」

那回答讓我放心了。同時我也發現迷濛的眼神已經恢復原樣。看來剛才巨浪打來的衝擊一口氣沖走了教官的醉意吧。

「話……話說回來，為什麼會變成這樣……而且記憶好像銜接不上。」

「那是因為教官醉了啊，因為那罐防曬乳液。」

「我因為那種東西就醉了……？」

真是對不起……我這個人真不中用——教官開始陷入低潮。

沒關係啦。我一面這麼安撫教官，一面確認周遭情況。我發現我們已經被沖回淺灘附近。這裡能看得見陽傘，好像也沒發生什麼問題。

（平安收場真是太好了……）

我打從心底這麼想著，再度打量教官。

於是——

「奇怪？不見了……？」

教官突然間納悶地呢喃。

「怎麼了嗎？」

「不見了。」

「什……什麼不見了？」

「這個嘛，呃……」

教官紅著一張臉，欲言又止。

那遲疑的態度讓我納悶，但我立刻察覺異狀。

我和教官現在身體互相緊貼——但是接觸部位的觸感異樣地直接。

感覺就好像中間有塊布料不知消失到哪去了。

話雖如此，我的泳褲安然無事。

換言之，這情況是……

「……教官，該不會比基尼被沖走了……？」

「嗯……」

「……應該只有上面吧？」

「下面也……」

「……！」

憑著觸感來判斷，我明白上半部已經不見了，居然連下面也沒了！

「聽……聽好了喔，小提，絕對不可以把視線往下挪喔。」

「我知道！」

「——啊，好痛……！」

「怎……怎麼了嗎？」

「腳……腳好像……抽筋了……」

「……！」

雖然淺灘已經不遠了，但這裡的水深還到我的胸口一帶。教官的身高比我要矮，一旦在這種地方抽筋可是非同小可……！

肩膀讓她扶就夠了？不，這樣算不上百分之百確保教官的安全。把她抱在懷裡應該是最好的辦法，但現在的教官一絲不掛……——不，現在不是在意這種事的時候了。教官肯定也會諒解。

「教官，不好意思請讓我觸碰妳。」

如此說完，我開始將教官公主抱。多虧有浮力支撐，非常輕鬆。

「呀……」

「我不會往下看，請儘管放心。」

我面朝前方只管往沙灘前進。只要稍微低頭應該就能將教官的胸部，甚至其他更不該看的部位盡收眼底，但我不願意趁機吃教官的豆腐。

不久之後，我們抵達了沙灘上的遮陽傘。

我讓教官躺在防水布上，隨即用浴巾遮蓋教官的身子，終於得以休息。

「小提，謝謝你喔。」

「不會，總之先好好休息吧。」

我們在休息了好半晌之後，因為教官的比基尼已經遺失，我們沒有再下水游泳。我們換回原本的外出服，經過休息後便在海灘上信步而行，盡情享受這段悠閒的時光。

不久後時間來到傍晚。因為火車的時間已近，我們收拾行李前往車站，恰巧開往帝都的列車也到站，我們便搭上車。

在並排的雙人座位就座，感受著列車行進時的搖晃。

「呼～好開心喔。」

教官顯得十分心滿意足，突然如此說道。

「真的嗎？」

「真的啊。又多了一次寶貴的回憶。」

她愉快地輕聲說道。

教官看著我的眼睛，表情柔和平穩地對我微笑。

「送給我這麼美好的一天，真的很謝謝你，小提。」

「嗯……」

一股感激在胸口漾開，讓我覺得心頭發暖。就連這樣狀況百出的約會她好像還是十分享受，讓我很感激。既然教官像這樣展露笑容，今天的約會也許算是成功了吧。

同時，這當然並非我一個人的功勞。因為莎拉小姐建議我與教官約會，因為有她的鼓勵，才有當下的美好時光。

正因如此——我覺得有些難以釋懷。

就這樣把一切功勞歸於自己，我覺得不合道理。

這次約會的最大功臣並不是我，而是莎拉小姐。

「那個，教官。」

這句話，也許不該說出口才對。

但我就是覺得，把這次約會歸功於自己並不合理。

不僅只我一個人，還有另一個人同樣關心著教官——我希望教官明白這件事。

所以我不知不覺間——

「如果教官願意的話，之後可以對莎拉小姐也說聲謝謝嗎？」

這句話脫口而出。

理所當然地，教官大惑不解般皺起眉頭。

「姊姊？……為什麼提到姊姊？」

「這次約會，其實是莎拉小姐提議的。」

「是姊姊她……？」

「是的。是莎拉小姐教訓我，不可以把時間都花在她身上。還跟我說，如果你喜歡米亞到不由得挺身保護她的話，就該認真與米亞相處。」

「她這樣說……？」

「是的。我覺得莎拉小姐確實太過我行我素，行徑有時候也太誇張。就像之前她捉弄我結果惹教官生氣——不過，那個人依舊是個姊姊。甚至比教官所想的更有身為姊姊的自覺。而且她比起任何人都重視著教官，說不定程度更在我之上。」

也許這之間沒有因果關係，但我還是選擇這樣說：

「教官，是不是差不多該原諒莎拉小姐了呢？」

「原來如此啊……」

並非答應，但也沒有否認。

教官只是理解了原委般點頭而已。

這究竟是什麼反應呢？

該不會我搞砸了？

但是教官的表情一派平靜。

然而她沒有再多說一句話，只是保持沉默。

直到火車抵達帝都。

在抵達帝都後回到家門前為止，這段時間教官依然不發一語。

教官第二次開口——

「——姊姊。」

是在走進家門來到客廳，面對一副悠哉模樣的莎拉小姐時。

我不知教官究竟想說什麼而提心吊膽時，教官逕自接著說：

「那個……謝謝。我聽小提說了……今天的約會是姊姊為了我才向小提提議的。」

她有些害臊但誠摯地說道。

啊，太好了——聽她這麼說，我放下了心中的大石。

看來方才這段漫長沉默，就類似長時間的蓄力吧。為了向最近有些疏遠的姊姊道謝，教官用這段時間在自己心中凝聚了勇氣吧。

聽見那聲道謝，莎拉小姐淺淺一笑，正眼迎向教官的視線。

「嘻嘻嘻，不客氣。只要約會平安結束，我也覺得放心。」

但是——莎拉小姐話鋒一轉，對教官展露的笑容逐漸變得像是別有用意，當著教官的面如此宣告：

「妳要知道，今天只是我退讓一步，單純只是略施小惠罷了。」

「意思是姊姊不會放棄小提？」

「那當然！我雖然是姊姊，但同時也是女人。只是作為姊姊的部分比較重要一點，但我也不會因為這樣把中意的男生拱手讓人。雖然有可能像今天這樣給點甜頭，但是這不代表我會把提爾讓給米亞喔。」

莎拉小姐又在講這種話……

好不容易讓教官心情好轉了，要是讓她又鬧脾氣了該怎麼辦啊？

但我似乎只是杞人憂天，教官出乎意料地臉上沒有一絲怒意。

「哦，是喔？沒關係啊。反正我不會讓姊姊順心如意。」

她反而是以爽朗的表情如此回答。雖然訝異——但我覺得這應該是莎拉小姐身為姊姊的愛情傳達給教官的結果。

莎拉小姐展現身為姊姊的讓步後，教官也以她的愛情表現回應。

身為妹妹的——讓步。

並非認真地互相敵視，而是堂堂正正地對決。

大概是彼此宣言正面對決，以爭奪我的所有權（？）吧。

對我來說……哎，老實說實在很麻煩。

（不過能因此讓這對姊妹維持良好關係的話……）

這樣應該是正確選擇吧。我這麼想著——

並開始動手準備晚餐。

既然姊妹間的問題已經解決，接下來我打算繼續調查黑袍人的陰謀，提升戒心。

幕間　米亞・塞繆爾的思慕Ⅲ

「和小提約會真的好開心～」

在平常那間酒吧——我今天同樣受瑟伊迪所邀而造訪此處，對她一五一十詳述今天與小提約會的經過。

「那個喔，瑟伊迪，妳聽我說！這次我們去海邊喔！而且喔，而且——呵呵，還是小提主動邀我去的。真是開心得不得了～」

因為初次約會是我邀他的。正確來說，因為小提個性被動，因此不只是約會，絕大多數的事都是我在主導。

這點我並不覺得討厭。

因為我年紀比較大，像是他的大姊姊，那是必然也是當然的結果。

不過，正因如此，小提主動邀我出遊令我高興萬分。

只要能讓我開心的事，那孩子總是會搶著去做，真是個好孩子。

「恭喜妳喔，米亞。提爾好像也增加了幾分積極性嘛？」

「哎，不過背地裡其實是我姊姊在當推手就是了。」

「哦，那米亞對這一點作何感想？」

「還是同樣高興啊。小提主動邀我這點依舊是不變的事實。」

姊姊的建議終究只是建議。

聽了建議後做出這個決定的，終究還是小提本身。

「不過啊，無法否認這樣就欠姊姊一個人情了。」

「畢竟你姊姊自稱想爭奪提爾嘛。明明是這樣，她卻幫忙促成妳和小提的約會，究竟是發生什麼事了？」

「發生了什麼事解釋起來很麻煩就算了，總之就類似吵架之類的……最後是姊姊她覺得作姊姊的應該要退讓。」

單就這點來說，的確有種想好好道謝的心情。

平常總覺得她是個壞心眼的姊姊，但偶爾會像那樣顯露善良的部分，讓我難以討厭她。

「撇開這件事不談，她好像還沒有放棄追求小提……唉～真教人心煩。」

「所以說真正的手足相殘現在才要開始吧？」

「就算真的開始了，我也不會輸。」

姊姊為了追求小提而展開行動，我對此表示容忍。

就像姊姊對我讓步，我也同樣讓步。

況且小提現在還不是我的人，容忍姊姊對小提出手也是當然的。之前說姊姊是狐狸精的自己還真是丟臉。

我如此告誡自己，但也絕不會輸給姊姊。

「姊妹搶同一個男人真的是太刺激了！既然這樣我也參戰——」

「不……不可以吧！瑟伊迪已經有老公了啊！」

「就是明明有老公還幹這種事，才更充滿了墮落的感覺呀！」

「我覺得妳最好別再開口了！」

「妳覺得提爾喜歡人妻嗎？」

「妳有在聽我講話嗎！」

「沒聽啊。」

「聽我說！」

瑟伊迪在黃湯下肚後滿口鬼話，為了說服她耗費了我接下來的所有時間……

第五章　慶典與混沌的序幕

自約會的那一天起，時間飛也似的流逝——來到了天聖祭當天。

在今天這個重大日子前，我已經在帝都的市區進行好幾次偵查。

為了確認黑袍人是否正在暗中蠢動，或者正在進行陰謀的預備工作。

我巡邏了好幾次——但從未發現可疑的痕跡。

也許只是我沒有注意到，又或者其實根本沒有什麼陰謀。

由於我比較擅長靠戰鬥解決問題，實在有點難以判斷——

無論事實如何，我們平安無事迎接天聖祭當天到來。

誠心希望接下來的天聖祭也能這麼順利結束。

我一面這麼想著的同時——

「教官，我到那邊的暗巷大概巡過一次了，沒有異狀。」

「謝謝你。這邊的暗巷也沒有問題。」

現在——我正和教官一同在帝都市區巡邏。不管是我和教官，我們現在都穿上了葬擊士的全套制服，走在大街上。

這次的巡邏並非我們自發的決定，而是來自皇家的官方委託。

與惡魔為伍的傢伙們可能打算在天聖祭有所行動。我之前已將這項情報告知葬擊士協會。上層得知情報後，為了提防黑袍人的陰謀，向帝都內的葬擊士發布通知，進入僅限今天一日的嚴密戒備狀態。

我和教官在帝都市區的巡邏，也是嚴密戒備的活動之一。

現在的時間來到午後——

像是為了慶祝紀念第四百年的天聖祭，頭頂上是一片萬里無雲的晴天。

葬擊士們設下了嚴密的戒備網，但帝都市區內與這樣的警戒體制相反，洋溢著繁盛的慶典氣氛。

氣球與花朵妝點著街道兩側，流動攤販與小吃店的數量也比平常更多。

因為來自其他國家的觀光客，走在路上的行人數量也爆發性增加，光是要向前走都十分費力……更可怕的是這還並非人潮的尖峰時段。

我會這樣說，是因為天聖祭的重頭戲全部都安排在傍晚之後。

現在還只是暖場時間，或者該說是助跑階段，總之好戲還在後頭。

接下來至夕陽西斜的時間，想必會有越來越多人潮為觀賞主節目而湧進帝都市區。

預定上演的重頭戲之一，就是由艾爾特．克萊恩斯親自向皇帝陛下獻上新造武器。

莎拉小姐似乎忙著準備這個活動，一大早就出門了。

預定要獻上的武器似乎已經平安完工，但就連我也尚未看過實際成品，大概會和其他觀光客一起在傍晚的節目上首次目睹。

「莎拉小姐會在廣場上的舞台登台演出吧？她會公開亮相？」

「就算是本人親自上台，也絕對不會露臉吧。她也不喜歡引人注目，況且讓艾爾特．克萊恩斯這個名號以外一切成謎，有她的理由。」

「話說回來，除了名號之外徹底隱瞞的理由，究竟是什麼？」

我小聲詢問，教官也小聲回答：

「是為了避免遭遇危險。因為姊姊的技術太過高超，為了避免心術不正的傢伙們找上門，她才會隱瞞名號以外的一切消息。」

「所以說，不是因為當下有人想對她不利？」

「用意畢竟是事先預防。多虧這方法，姊姊也不曾遭遇過什麼危險。」

「但今天將是她首次在大眾面前現身，也許會有人挑這個時機下手。」

「是啊。所以姊姊上台時我們得繃緊神經才行。況且陛下也站在同一個舞台上。」

教官如此說完，覺得很熱似的甩動制服的下襬。

「話說回來……難得的天聖祭卻必須整天到處巡邏，真的會影響心情。」

走在人潮中提高警覺的同時，教官略有微詞般呢喃道。

「哎，這也沒辦法。因為想讓阿迦里亞瑞普特復活的那種傢伙，可能是聽從黑袍人的指揮在行動。」

「那個黑袍人究竟是什麼來歷……」

「不曉得啊。但鐵定不是什麼好東西。」

明明是人類，言行舉止卻彷彿站在惡魔那邊。

不對——不是彷彿，事實就是如此。

與惡魔為伍，正打算有所行動。

明明是人類，卻想和惡魔攜手——

「對小提而言，一定很難理解與惡魔為伍的那種人吧。當然我也同樣無法理解，不過小提一定更在我之上……是吧？」

「……嗯。」

我是禁忌之子。繼承了一半的惡魔之血，長著一對紅眸的人類。

雖然現在已經正常許多，但對禁忌之子的歧視在過去非常普遍。

當時我為了身為人類而活下去而絞盡全力，旁人卻總是把我當作惡魔。

另一方面，雖然生而為純粹的人類，黑袍人卻自願墮落至黑暗面。更正，雖然我不曉得他是否主動投向黑暗的懷抱，但是單論事實來看，黑袍人就像是毫無罪惡感般，理所當然般扮演著惡魔的夥伴在我面前現身。

我——無法理解。

也不願理解。

世上究竟有多少禁忌之子拚了命想要活得像個人類。究竟又有多少禁忌之子因為歧視而痛苦不堪，就算想活下去也沒有機會。

與惡魔為伍的人類——黑袍人這種存在，簡直愚弄了這些禁忌之子。

明明有幸能生為人類，那傢伙卻主動捨棄了那立場。

下次再讓我遇見那傢伙，絕對要把那傢伙連同陰謀一起徹底粉碎。

「……小提？」

這聲呼喊，把我的思緒拉回現實中。

教官有些擔憂地凝視著我的臉。

「還好嗎？沒事吧？」

「……我沒事。」

「是喔？不過從上午就一直走到現在，應該有點累了吧？我們暫且停止巡邏，稍微休息一下吧。」

像是擔憂我的狀態，教官如此說道。

「……未經同意逕自休息真的好嗎？」

「規定上每個人都可以憑自己判斷休息一個小時，沒問題的。」

因為教官如此建議，我們便決定稍事休息。

不過就算這樣，我覺得真的休息未免太浪費了。

畢竟是難得的天聖祭，利用這段休息時間與教官一同享受的念頭在我的心中萌發。

教官似乎也與我相同，她對我這麼說：

「小提，如果你願意的話，要不要在休息時間稍微逛逛天聖祭？還是要乾脆到分局休息？」

「不，我們到處走走吧？畢竟機會難得。」

「真的？太好了！那我們走吧。」

於是我和掩不住喜色的教官一起逛天聖祭。

我和教官一起走在人潮擁擠而難以行進的大街上。

平常我和教官一同出現在路上肯定會惹人注目，但是從早上開始我們反而一直沒受到旁人注意。因為周遭都是人牆，只有附近的人會注意到我們；就算有人注意到我們，大概也覺得我們正在值勤而不會向我們搭話，因而造成這樣的狀態吧。

在這情境下。

「嗳，小提。你見過那個嗎？」

教官正注視著與我們擦身而過的女性。

那位女性並非什麼身分特殊的人物，但是穿著造型奇特的衣物。

並非裸露度高而引人注目，反而該說是防衛萬全。

「我記得那是在帝國遙遠東方的東國慣用的民族服裝吧？」

「對，聽說叫作浴衣。」

教官羨慕的視線追著女性的背影而去。

「聽說啊，好像是在這種慶典的日子穿的服裝。」

「該不會教官想穿穿看浴衣？」

「咦？我……我並不覺得想穿啊……」

……說謊技巧也太差。雖然我覺得這種地方也很棒。

「教官有興趣的話，就找間能穿的店家吧。畢竟在這種日子，應該有些店家提供出租服務。」

「不過，讓你把寶貴的休息時間花費在陪伴我的任性，這有點……」

「要換上浴衣也花不上十分鐘，沒問題的。」

「是……是喔？那可以跟我來嗎？我剛才巡邏的時候就注意到浴衣，記得這邊有出租浴衣的店家。」

巡邏時妳都在注意什麼啊……

我雖然覺得有些傻眼，但還是跟在教官後方。

不久後在隱密的後巷中，我們找到了一間以東國建築風格建造的服飾店。

這種感覺就叫和式風格嗎？

浴衣打扮的女性自店門中走出。

看來這裡應該有提供出租浴衣的服務。

「那可以請小提在這裡等一下嗎？我會馬上換好衣服回來。」

教官欣喜地說著，身影消失在服飾店裡頭。那腳步看起來非常雀躍輕盈。這個人都這年紀了還是很可愛呢。我不禁微微苦笑。

在這之後大約過了五分鐘——

「小提……讓你久等了。」

含羞的說話聲敲響我的鼓膜，告訴我教官已經走出店門口。

滿心的期待加速心臟的躍動，我轉頭看向服飾店的出入口。

在那瞬間——

「……！」

我目瞪口呆。

楚楚可憐的花朵綻放。剛才身穿葬擊士制服的教官已經不知去向，一位和式風格的美女站在眼前。

儘管身穿著雅緻的浴衣，但是那藏不住的性感還是為她添增了幾許妖豔，那身影的魅力就我所知的字彙實在難以形容。

腳下踩著名叫木屐的鞋子，一隻手拎著有著華麗刺繡的手提袋，教官臉上掛著羞赧的淺笑，直盯著我瞧。

「看……看起來怎麼樣……？」

「那個……我……我覺得非常漂亮。」

雖然我覺得我好像每次都說出類似的感想，不過實際上除了漂亮之外也無法描述，這也不能怪我。

儘管我的評語稚拙，教官還是欣喜地面露笑容。

「謝謝你。那我們回到大街上吧。」

「好的。」

於是我們決定再度繼續逛天聖祭——

隨即。

「——啊，是提爾！」

正要回到大街上的時候，聽見背後有人喊著我的名字。

耳熟的話語聲。這格外高亢的嗓音八成是……

「夏洛涅？」

「正確答案！」

聽見這聲音的同時，沉重的質量壓在我背上，蘿莉的臉龐倏地出現在我肩頭上。

「嗨～提爾，你在這種小巷裡頭幹嘛？翹班偷懶？」

「不是。我才想問妳在幹嘛。話說不要趴在我背上。給我下來。」

「知道啦～」

輕快地回答後，夏洛涅乖乖離開了我背上。

「嘿咻。你問我在幹嘛，我只是來這個方向巡邏而已。」

「我和教官一起在休息。」

「米亞姊？」

夏洛涅歪過頭看向我身旁，隨即露出大吃一驚的表情。

「啊……穿浴衣的人，原來是米亞姊啊。我剛才撲向提爾背後的時候，還在想到底是誰……」

「哎呀？真的認不出來？」

教官開玩笑似的說，夏洛涅一臉認真地點頭。

「嗯！我覺得很漂亮喔！」

「哎呀，謝謝妳喔。給妳糖果當謝禮吧。」

「哇！謝謝米亞姊！」

真是一幅溫馨的情景。教官和夏洛涅基本上關係總是很好。

「嗳，小夏，不嫌棄的話要不要一起逛天聖祭？妳還沒休息的話，我們就一起逛吧？」

「真的可以嗎？我也想一起去！」

「就這樣決定了。」

她們就這樣逕自敲定了，但我對此並沒有怨言。

「但是喔，妳就這樣跟我們一起來真的好嗎？要是有同年齡的朋友，和他們一起逛比較好吧？更何況我很擔心妳到底有沒有朋友……」

「多……多管閒事！我當然有幾個朋友啊！但是現在我要跟提爾一起去！……因為我也不想讓提爾和米亞姊休息時兩人獨處。」

「咦？」

「沒……沒什麼！我們快走吧！」

夏洛涅矇混般說完，牽起我的手，往大街的方向開始走去。

「喂，夏洛涅，教官穿著木屐，配合她的步調吧。」

「沒關係的，小提。用不著在意我。」

真不愧是教官，心地善良。

「（不過小夏……能不能別那樣牽著小提的手啊……）」

「教官，剛才說了什麼嗎？」

「沒……沒有啊！你聽錯了吧？」

「是喔？」

——就在這時。

「啊，我想吃這個！噯，提爾，我們吃吃看嘛！」

夏洛涅在蘋果糖的小販前方停下腳步。

我注意到教官已經大方地取出了皮包。似乎想要請客。

「小提、小夏，想吃就買吧。」

我和夏洛涅異口同聲向教官道謝後，一起挑選蘋果糖。

就在這時，攤販的店長看向我露出笑容。

「呵呵，小哥。您老婆還真是大美人啊。」

「啥？」

「就別裝傻了。年紀比您大不少吧？真教人羨慕。」

短短一瞬間我搞不懂他的意思，但他似乎誤會我和教官是那種關係。因為他好像不認識我和教官，大概是從偏遠地方來帝都擺攤討生活吧。哎，反正也不讓人覺得不愉快，就省得糾正了。

「哎……哎呀，真不好意思……說我是小提的老婆，我會害羞呢……」

教官對這次誤會也不覺得反感。

所以這讓我更是高興起來，但另一方面……

「哦哦，兩位的女兒也很可愛呢。拿去吧，小妹妹。我就多送一份給妳吧。」

「誰……誰是女兒啦！有夠失禮的！」

被當成小孩子的夏洛涅氣炸了。

在這之後，得知真相的店長理所當然對我們三人道歉連連。

「真受不了，我的個子又沒有那麼小……」

離開蘋果糖的小販後，夏洛涅如此抱怨的同時不停舔著蘋果糖。

「我被人家當成當媽媽的年紀也有點莫名其妙。我看起來真的那麼老氣？」

同時米亞教官也對店長的言行有些難以釋懷。

氣氛似乎有點不太好……拜託，來個人改變這氣氛吧。

在我這麼想的時候——聽見了大街上某處傳來了盛大的歡呼聲。在大街的角落處，似乎召開了類似餘興大會的活動。優勝者好像在剛才出爐了。

究竟是什麼大會呢？我有些好奇而前去一探究竟——

「……潤滑油相撲錦標賽？」

是場名稱詭異的大會。雖然我知道相撲是東國的傳統運動，但應該不會用上潤滑油才對。換言之這是自創的競技。

十之八九是在模仿土俵而造的對戰舞台加上潤滑油，在這特殊的狀況下讓選手相撲吧。雖然看起來很蠢，不過很適合祭典的熱鬧氣氛。

接下來似乎要將獎狀頒給大會冠軍。

我自人群外頭眺望著舞台上的情景，不久後看似冠軍得主的人物走上舞台。

「……啥？」

目睹那人的瞬間，我不禁雙眼圓睜。

因為那傢伙正是艾爾莎。

『庫吉斯特小姐，恭喜您奪得冠軍！』

『嗯，謝謝。有點害羞。』

艾爾莎與訪問者的說話聲透過揚聲器傳來。

拜託先等一下……那傢伙究竟在搞什麼？

『哎呀～真是令人吃驚！沒想到居然是您這般的美少女會奪得冠軍！』

『我很熟悉潤滑油。因為我每晚都一面想著某人一面使用。』

『嗚哇～庫吉斯特小姐赤裸裸的自白——！嗚～究竟是什麼人啊，讓這女生如此夜夜思念的男人！真是太讓人羨慕了，快滾出來！』

…………

『哎，這就先放一旁，接下來為庫吉斯特小姐頒獎吧！各位觀眾，請給庫吉斯特小姐最熱烈的掌聲！』

配合主持人的呼喊，拍手聲在街道上迴響。

我不禁啞口無言時，不知不覺間教官與夏洛涅都站在我身旁。

「……那孩子到底是在做什麼？」

「米亞姊……認真想理解艾爾莎的話，腦袋會壞掉喔。」

雖然她說得惡毒，但實際上確實不能認真看待。畢竟艾爾莎的思考模式異於常人。

當我們這麼想著時，艾爾莎的頒獎典禮也結束了，聚集於該處的人群開始向四方散開。

「嗯。你們三個在做什麼？」

艾爾莎下了舞台之後，注意到我們幾個人而走向此處。

「我才想問妳在幹嘛。」

「我想考驗自己，踩在潤滑油上究竟能拿出多少實力。」

「往錯誤方向的進取心也太高了吧……」

「提爾，今晚陪我一起玩濕滑相撲吧？」

「拜託妳自己一個人玩。」

「剛才我在台上也講過了，我每天晚上都在練習。」

「…………」

我已經懶得繼續與她認真對話了。

「嗯，對了。這個就送給米亞。」

她突然想起什麼般低語，隨即將一個小瓶子遞給教官。

「這是什麼？」

「冠軍獎品是潤滑油。我已經有很多了，就送給米亞。」

「我……我又不需要！」

教官把潤滑油的小瓶子塞回艾爾莎手中。

艾爾莎有些為難地盯著那小瓶子瞧了半晌。

「雖然不爽，就送給小不點。」

「雖然不爽是什麼意思啦！況且我也不需要啊！」

「別這麼說，用這個交換妳的那個。」

「啊，妳等一下！把我的蘋果糖還來！」

艾爾莎把小瓶子塞給夏洛涅，同時奪走了蘋果糖。

「我的休息時間馬上就要結束了。這個我就當作餞別禮物帶走了。」

「少開玩笑了！」

「我沒有開玩笑。我非常認真。再會了（飛奔）。」

「給我站住──！」

夏洛涅和艾爾莎還是老樣子見面就吵架啊……

「那傢伙真是討厭死了！總有一天我一定要勝過她！」

夏洛涅的氣憤我很理解。我覺得她有點可憐，於是遞出自己的蘋果糖。

「哎，先冷靜點吧。雖然我吃到一半，不嫌棄的話就拿去吧。」

「那……那我就不客氣了……」

夏洛涅臉頰發紅，收下了蘋果糖。隨後她立刻舔了一口，臉變得更紅了。

不要沒事就想歪啦，真是的……

就在這時，我感覺到針扎般的視線而轉過頭，教官正鼓著臉頰。

「噯，可以不要拋下我一個人，自己在那邊享受青春嗎？」

「我……我沒有這個意思啊。」

「我才不信……」

米亞教官瞇起眼睛投出懷疑的眼神。另一方面，夏洛涅輕聲驚呼。視線正指向遠處的時鐘台。

「……怎麼了？妳比我們晚開始休息，應該還沒必要在意時間吧？」

「是這樣沒錯，但是下一個巡邏地區稍微有點遠，我要提早開始移動才行。」

「那就先趕到現場比較好吧。就先分頭吧。」

「嗯，我走了喔。謝謝你的蘋果糖。」

夏洛涅說完，對教官也打過招呼後離去。

「接下來，我們也差不多該開始準備繼續巡邏了吧？」

「但應該還有一點時間吧？」

「那就找個地方吃點東西好了。畢竟我們只吃了蘋果糖，還是吃點比較能果腹的東西吧。甜點之類的怎麼樣？」

「可以啊。」

我和教官尋找甜點鋪，找到一間看起來人沒那麼多的店，走入店內。

這間店的座位都採用包廂形式，不須在意周遭的目光。

店員帶我們來到應該最多可容納四人的包廂中，我們並非肩併著肩而是面對面坐下，稍事休息。這裡沒有椅子，而是坐在名為榻榻米的東西上。

「不好意思打擾了。這是本店贈送的飲品。」

來到包廂的女性店員將和式風格的玻璃杯擺在我們面前。杯中盛著乳白色的液體。飲料十分冰涼。

「這是什麼啊？」

請兩位慢用。女性店員如此說完離開後，教官立刻將鼻子湊近杯緣嗅著味道。看來應該是教官也不曉得的飲料。話雖如此我也不曉得是什麼。

「聞起來有種甜味。」

「我先喝喝看喔。」

搶在教官之前，我先品嚐那杯免費贈送的飲品。

「怎麼樣？」

「嗯～……口感有一點黏稠。不過味道滿甜的，很好喝喔。」

「是喔？那我也喝喝看吧。」

語畢，教官也咕嚕咕嚕地喝了起來。

「呼～感覺有點像煉乳。但是和煉乳又不一樣，這到底是什麼啊？」

哎，反正好喝就好。教官如此說著，翻開菜單，好像決定要點抹茶鬆餅。我也選了同樣的甜點，叫店員前來點餐。

這之後——在抹茶鬆餅送抵前的這段時間內，問題發生了。

「小提……不覺得熱嗎？」

「咦？和外面相比我覺得算涼吧？」

「是喔？我覺得好熱好熱……」

教官這麼說著，一面拉鬆了浴衣的領子，屢次搧動。

胸前深溝若隱若現，令我心驚。

「教官……雖然這裡是包廂，這種不檢點的動作還是……」

「哎呀？小提到底在看哪裡呢？好下流～」

教官如此低語，促狹地瞇起眼睛。

「不該給人看的部位每一次都被你看見，我覺得好丟人喲。」

「不……不是啦，我也不是那個意思……」

「但是其實沒關係喔。只要我忍耐羞恥心，小提就會開心嘛。討小提的歡心……只要把這當成養你的一部分，要讓小提看幾次我都無所謂。」

她如此說著，臉上露出淺淺的微笑，眼神顯然迷濛失焦。

……教官的狀態好像不太對勁。

這感覺毫無疑問是酒醉時的教官。眼神迷濛呆滯，全身散放著妖豔的氣氛，在挑逗我的同時又展現彷彿包容一切的溫柔，這種奇異的狀態。

「怎麼了嗎？怎麼一臉困惑的表情？」

不對吧……我才想問妳怎麼了。

——為什麼醉了？

話雖如此，理由想當然只會有一個。

眼前這杯店家贈送的飲品。

這杯乳白色的液體中，該不會就含有酒精吧……？

（……這杯飲料到底是什麼東西……）

我對那成分謎樣的飲品感到畏懼時，教官的臉變得越來越紅。

「這個位子感覺和小提距離好遠喔……我要過去那邊嘍。」

教官神色寂寞地站起身，來到我身旁。直接撲上來般貼向我，把肩膀緊靠在我的肩膀旁。

「明……明明嘴巴上說很熱，為什麼要貼著我啦！」

「……不行嗎？」

「也……也不是不行！」

「那就沒關係了吧？嗯哼哼～」

教官愉快地讓頭抵在我的肩膀處。這瞬間甜美的香氣自教官的髮絲漫向我的鼻間，讓我一陣暈眩。聞起來好香。

但我不會屈服。儘管這裡是包廂，但在店裡頭緊貼成這樣實在不應該，於是便稍微推開教官。

「教……教官，請稍微遠離我一點點。」

「不～要～」

米亞教官說完，再度想讓頭靠向我的肩膀。

我再次推開，她又再一次把頭靠上來。

「教官……！」

「……不想分開。」

撒嬌似的說完，對我投出若有所求的眼神。

啊啊……可惡，她用這種眼神看我，我也沒辦法推開她。

「──打擾了。」

就在這時。

女店員手拿著我們點的甜點，步入這間包廂──

「啊……」

她目睹我們這姿勢的瞬間，立刻顯露無意間看見不該看的事物時的反應，隨即俐落地將抹茶鬆餅排列在桌上。

這……這下糟糕了……店員肯定產生了奇怪的誤會。萬一這位店員認識我們，說不定會冒出絕非事實的流言蜚語。

既然如此……只好臨場演戲了。同時也是為了得知謎樣飲料的成分。

「──教……教官？突然間渾身無力是怎麼了？沒事嗎？」

我刻意擔憂地低聲問道。店員小姐聽了立刻表情大變。

「不……不好意思。您身體不舒服嗎？請問怎麼了嗎？」

「咦？我身體很好──嗚咕……」

我摀住了教官的嘴。請稍微安靜一下。

「喝……喝了桌上的飲料之後，好像就全身發燙──」

「啊，原來是這樣啊。那是名為甜酒的東國飲品，她也許有點醉了。」

甜……甜酒？原來還有這種東西……

「我想應該不至於有問題，但如果身體一直感到不適，請告訴我們。那麼接下來請兩位慢慢享用。」

店員行禮後離開了包廂。

這……這樣應該能免於奇怪的誤會，而且也知道了飲料是什麼……

甜酒啊……一定要添加到「不能讓教官飲用之清單」上。

「討厭啦，小提想幹嘛……」

教官把我的手從嘴巴旁拉開，猛吸了一口氣。

「該不會想要讓我無法出聲再強上我？哎喲，真的好下流喔～」

「這……這是嚴重誤會！」

我這麼反駁，但教官的注意力已經轉向抹茶鬆餅。

「先不管這個了，小提你看，不覺得好像很美味嗎？」

「看起來是很美味沒錯啦……」

「那我來餵你吃吧？」

「為什麼會變成這樣！」

雖然我很想要妳餵我吃！

「但是嘛～……光是直接餵給你吃感覺不好玩，我們來玩個小遊戲吧？」

「小遊戲？」

「我們現在開始面對面跪坐，腳先麻到受不了的人算輸。要是小提贏了，我就餵小提吃。怎麼樣？要玩嗎？」

這麻煩的遊戲的確符合酒醉教官的個性，不過勝利報酬也萬分誘人。

我覺得這時應該挺身接受挑戰。總比讓她做出其他奇怪行徑要好。

「可以啊，教官。我們就來玩吧。」

「哼哼，就這樣決定了。那麼就先開始跪坐吧。」

於是，我和教官將坐姿改成跪坐。

「那比賽就開始了喔——好，開始！」

教官一聲宣言之下，我們的耐力競賽開始了。起初五分鐘我們還能滿臉無所謂，不時開口互相挑釁，但是經過大概十分鐘時，痛苦的神色漸漸開始浮現。

「小……小提看起來很痛苦耶，該不會這麼快就腳麻了？」

「怎……怎麼可能……教官才是吧？腳扭來扭去的，是不是已經到極限了？」

「這……這怎麼可能呢！捉弄大人也要有點分寸！看招！」

「呀啊……！」

教官居然用指頭戳了我的腳。

「等等！不可以直接出手攻擊吧！」

「又沒有這條規則～！嗯哼哼～小提是不是太老實了？」

太誇張了！曾經從事神聖的教育工作，居然面無愧色地利用規則漏洞！

「既……既然這樣我也能利用喔！」

我不願輸給教官，伸手戳了教官的大腿一帶。

「呀！……──小……小提，你很大膽耶。」

「我當然敢。既然教官要來這招，我不學就不公平了吧。」

「唔，都到了這個年紀還討厭番茄跟紅蘿蔔，還敢囂張啊。」

「番……番茄跟紅蘿蔔和現在的比賽又沒關係！」

「哎呀～整個人都慌了好可愛喔。那就趁這個破綻再戳一下～」

「咕喔……！」

腳又被她戳中！這招對痠麻到失去感覺的腳實在效果驚人！痠麻的感覺往四面八方傳開，雖然差點就無法維持跪坐姿勢，但我還是咬緊牙關撐住了。

「哦～小提還在死撐。」

「這……這根本不算什麼……」

「那我就再多戳幾次了喔──雖然我剛才這樣想，只用手指戳也太沒變化了，就用其他手法引導你走向敗北吧。」

那惡作劇般的笑容讓我冒出不好的預感。

下一個瞬間，教官在我耳畔如此細語道：

「小提，要是你願意輸給我，我就養你一輩子喔。」

「我拒絕……！」

儘管誘惑甜美，但我可不能乖乖讓教官養，更不打算當小白臉。憑著我自己的努力，讓教官過上輕鬆愜意的生活才是我的夢想。

所以我絕不會因為這耳語而屈服，反抗心反而更加熊熊燃燒。

我忍著痠麻，不屈於甜美的誘惑，正眼迎向教官的視線。

「教官，要是妳願意輸給我，就由我來養妳吧？」

「什……什麼嘛……這種條件我才不會屈服呢！」

教官雖然這麼說，但臉頰微微發紅，表情顯得有些羞赧。真可愛。

但是短短一瞬間後，教官像是要振作鬥志般拍打臉頰，開始連續戳刺我的腳底。

「——咕啊……！」

「快點快點～差不多該乖乖認輸了吧～這樣比較輕鬆喔～」

「雖……雖然這樣問有點晚了，為什麼教官這麼執著於勝敗啊？」

「是為了分出勝負啊！而且只要我贏了，今晚就可以把小提當作抱枕睡一晚嘛。」

「勝利的獎品沒有這樣設定吧！」

「討厭啦，表情很可怕喔。」

「這是因為教官的錯吧！」

「抱歉喲——呼！」

「——……一邊道歉一邊對耳朵吹氣是什麼意思啦！」

「嗯哼哼～因為小提耳朵特別敏感，我想說這樣也許你就會全身酥軟倒下去。」

……對勝利的熱情真是異樣強烈。

儘管現在醉了，不服輸的倔強個性依然不減的意思吧。

正因如此，我也同樣沒有故意放水輸掉的這種選項。

在這之後，我們不停持續著用手指戳腳或身體的劇烈爭執。

到了最後——這場比試因為休息時間即將結束，只好以平手收場。

「嗯～好不盡興！不過再過十分鐘就要回去執勤巡邏了，也沒辦法吧。」

快點統統吃光吧。教官說完，將叉子刺在鬆餅上頭。就連切也沒切，直接將整片鬆餅串起來。不知為何將那片遞向我面前。

「來，小提。嚐嚐看一口吧。」

「咦？我沒贏啊。」

「沒關係沒關係。畢竟你還在發育期，只要多吃一口就好了。好嗎？」

雖然能感覺到樸實的溫柔，但現在的教官正在酒醉中……是不是打算像上次一樣倏地把鬆餅抽走……？

「夠了喔，你是不是在懷疑什麼啊？快要沒時間了，快點吃一吃。」

「說得也是，不好意思。」

在這狀況下應該不至於騙我吧。做人疑心還是不能太重。

「那我就不客氣了。」

我說完便張嘴咬向圓形的鬆餅。抹茶的味道在空中漾開，非常美味。

「那接下來就吃你自己的吧。」

教官也不在意我咬過的痕跡，從我咬過的位置吃了起來。

「嗯哼哼～有小提的味道喔。」

是什麼味道啦！我在心中如此吐嘈，但因為對那感想的害臊自心底湧現，我默默地品嚐自己的鬆餅。

在這之後，我和順利恢復正常的教官一起離開了甜點鋪。之後教官也換回葬擊士的制服，我們繼續進行天聖祭的巡邏。

就在我們巡邏時——

「哦，提爾小弟，你在這裡啊。終～～於讓人家找到你了……」

罕見的方言語調的說話聲傳到我耳畔。

轉頭一看——頂著一頭蓬鬆亂髮、戴著圓框眼鏡的女性，臉上掛著疲憊的表情站在我身後注視著我。教官輕聲說：

「哎呀，路米娜？有事嗎？」

「人家特地跑來當然有事啊。人家有事來找提爾小弟。」

那名女性——喘得上氣不接下氣的路米娜小姐邁步走向我。

「真受不了，你要知道，人家討厭這種人擠人的活動喔。居然讓人家在這種時候跑腿，提爾小弟，之後你可要給人家一點車馬費呀。」

「找……找我有什麼事嗎？我不記得我拜託路米娜小姐跑腿啊。」

「不過你之前有事來拜託人家吧？」

路米娜小姐如此說完，避免大聲張揚般把臉湊到我耳畔。

「就那個啊，你不是要人家幫忙調查惡魔化與實力弱化之間的關聯？」

「該不會結果已經出爐了？」

「正是如此，到偏僻一點的後巷聊吧。在這裡沒辦法談吧？」

路米娜如此說完便想要牽起我的手。

「等一下，路米娜。妳找小提到底有什麼事？」

「呵呵呵，去後巷裡打一炮就回來。」

「啥？別開玩笑了，告訴我實話。」

「教官，我來說明。」

……就算讓路米娜小姐來說明，大概只會讓情況更加混亂。

我在教官耳邊低語，向她坦承我對路米娜小姐提出的委託。

聽完之後，教官漸漸浮現了好像能夠接受又好像無法接受的表情。

「原來如此，為了請她幫忙調查，所以對路米娜小姐也坦白了惡魔化的祕密啊……（難得有只屬於我們兩個的祕密耶……）」

「教官表情好像不太高興，該不會別說出去比較好……？」

「不……不會……長遠來看這應該是正確的行動。走吧，我們往後巷移動吧。」

於是我們走到後巷——

「既然跟著一起過來，就表示大姊也曉得提爾小弟的惡魔化？」

「這不是當然的嗎？」

「什麼嘛，原來人家不是第一個曉得的女人啊。提爾小弟，你就是這種地方不應該。」

「在講什麼啊……」

「意思是叫你不要害女人會錯意啦，你這花花公子。」

提爾小弟老是這樣——路米娜小姐如此說著，雙手抱胸、板起了臉站在我面前。

「大姊還真有本事養這種花花公子啊？依人家來看，他肯定每天晚上都帶不同女人上床吧？」

「沒這回事！請不要貶低小提好嗎？」

「哦哦，女友在生氣了喔。」

「我……我又不是女朋友！」

教官退居下風……能這樣戲弄教官的人，頂多只有路米娜小姐和莎拉小姐而已吧。

啊，艾爾莎也能辦到吧。

「……總……總而言之，好了啦，不要再胡說八道，快點進入正題。」

「也對，就這麼辦吧。」

路米娜小姐表情愉快地呢喃說著，將視線轉向我。

「首先，惡魔化與實力減弱之間的關聯性，直接講結論的話——確實有關。」

「這樣啊。」

由於我早有預料，因此並未受到打擊。

「原本是因為傷勢影響使得實力弱化，但是傷勢已經痊癒，不構成實力衰減的原因。那如果要問還有什麼其他原因，當然就只剩惡魔化。現在提爾小弟體內的惡魔細胞，常駐數量比起其他禁忌之子要多。簡單來說，那些惡魔細胞奪走了提爾小弟的健全狀態。要說是吸取了你的力量也可以。」

……那些惡魔的細胞，吸取了我的力量？

「所以說，像現在這樣的平常狀態下，提爾小弟無法發揮實力。恐怕只有在惡魔化的時候，那些力量才會恢復原狀，同時再額外加上身為惡魔的力量吧。」

「這部分有辦法改善嗎？」

在當下這樣的平常狀態，有辦法汲取那些被吸走的力量嗎？

「人家只能回答你，不是辦不到。」

「所以說能辦到？」

「雖然能辦到，但是恐怕要成功控制惡魔的力量才能抵達那個領域。提爾小弟之前惡魔化的時候失控了吧？那樣恐怕辦不到。」

「我討厭辦不到這個字眼。」

我毅然回答道。

「就算現在沒辦法馬上辦到，總有一天我會成功的。」

不管人家要怎麼說，最後我一定會辦到。若非如此我想必無法回到最強的寶座上，也無法抵達更遙遠的目標。

「不愧是小提，就該像這樣。」

教官淺淺一笑，如此稱讚我。

「雖然不可以太勉強自己，但如果有我能幫上忙的，我都願意幫忙喔。有需要協助就交給我。」

「非常謝謝教官。」

「大姊還真的很寵提爾小弟呢。」

路米娜小姐傻眼般說道：

「感覺已經完全變成了疼愛外甥子的親戚大嬸耶。」

「……啥？妳說誰是大嬸？」

「當……當人家什麼也沒說……」

教官被路米娜小姐用大嬸這字眼稱呼，發出了異樣低沉的威嚇，就連路米娜小姐也不禁為此震懾。之後路米娜小姐像是要矇混過去般看向我。

「哎……哎，總之關於你委託的調查，人家的報告就到此為止。要是還有什麼問題儘管提出來。」

「沒什麼問題了。接下來我會自行摸索。」

「這樣啊，那人家就回去了。光是見到一大群人就覺得煩躁啊……」

個性大概比較喜歡足不出戶吧。

雖然感覺不太健康，另一方面也很適合做研究。

「難得的天聖祭，不趁機到處走走嗎？找個戀人一起逛啊。」

「大姊，可以不要突然講這種老媽子會講的話嗎？」

「但是事實上不找不行吧？況且路米娜還是大名鼎鼎的波普威爾家的千金小姐。何不早點找個戀人結婚，讓雙親抱抱孫子吧？」

「最後那句話就原封不動還給大姊妳。」

「咕啊……」

……教官摔進了自己挖的坑。

不理會垂頭喪氣的教官，路米娜小姐逕自靠近到我身邊。

「好啦，提爾小弟，人家要跟你收跑腿的小費喔。」

「……我真的一定要付？」

「這不是當然的嗎？總之就先收個一百億瑟特吧？」

「我哪來這麼多錢啊！話說單位有問題吧！」

「不然只要你接受解剖，就不跟你收跑腿費了。」

「我拒絕解剖！」

「什麼跟什麼。真夠任性的。」

任性的是妳吧！我在心裡這麼想著——

路米娜小姐先是露出所有所思的表情。

「哎，乾脆就這樣吧。」

語畢——她親了我的臉頰。

「……！」

「哈哈！嚇到了嚇到了。就用你那張臉代替小費吧。再見啦～」

路米娜小姐滿臉愉悅地笑著，離開了小巷。她的臉頰上掛著一抹緋紅，是不是我看錯了？

話說回來……她竟然來這招啊，真受不了。還是老樣子，真搞不懂路米娜小姐的個性是積極還是陰鬱。

我這麼想著，目送路米娜小姐遠去的同時——

「什麼時候才能讓爸媽抱孫子呢……」

……教官依舊垂頭喪氣。

不久後教官重振精神，我們重新開始巡邏。因為這個區域較大，為了徹底巡視每個角落，我們暫且分頭行動。

像這樣一個人走在街上，天聖祭的喧囂感覺似乎離我遠了一些。路上大多數人身旁都有家人或朋友陪伴，只有我是一個人。年幼時在周遭旁人疏遠中生活的那段回憶差點又浮現腦海。和當時不同的是我並未受人疏遠，而且不時還有人對我打招呼，儘管如此難以言喻的孤獨感仍然難以填補。我驀然發現，光是待在教官身旁，我就已經受到莫大的救贖了。

就在這時，有人突然抓住了我的手臂——

「提爾～」

那喜悅地呼喚我的聲音在我身邊響起。

「莎……莎拉小姐？妳怎麼會在這？」

跟在我身後的那人，正是莎拉小姐。

「嘻嘻嘻，我偷偷跑來了。」

「跑來是沒關係啦……那個，典禮的準備沒問題嗎？」

「我稍微要了一點休息時間。原本想說為了放鬆心情逛逛天聖祭，就看見提爾孤伶伶地走在路上，於是就偷偷跟了過來！話說米亞沒和你一起？」

「請不要跟蹤我。我不久前才和教官開始分頭行動。」

「哦，時機居然這麼巧！就趁著大人不在的時候獨占提爾吧。」

「請……請等一下。我正在巡邏，沒辦法陪妳逛攤販之類的喔。」

「既然這樣，只要一起走在街上就好了。好嗎？只是這樣的話應該沒關係吧？」

「哎……如果只是這樣的話。」

於是，莎拉小姐便跟著我一起巡邏。

孤獨感明顯轉淡了。

「噯，話說提爾現在沒帶武器耶。」

大概是注意到我巡邏時手無寸鐵吧，莎拉小姐突然這麼說道。

「現在我的主要武器是狙擊槍，但在地形複雜的市區不太派得上用場，話雖如此，

也不應該把愛劍帶來，所以我才會選擇赤手空拳。」

「為什麼會說不應該把愛劍帶來？」

她身為製作者也許希望我使用吧。莎拉小姐的口吻有些強硬。

「因為憑我現在的實力，配不上那對雙劍。我認為在我完全取回實力前，不應該輕率動用。」

「嗯~你說配不上，但真有這回事嗎？我不這麼覺得耶。不過，這種類似信念的想法應該只有本人才明白。既然提爾這樣認為，我也沒辦法勉強吧。」

如此交談後不久，莎拉小姐對我暴露了一個小祕密。

「啊，對了。其實啊，我為今天造的武器也是成對的兩柄武器喔。」

「是這樣喔？老實說我比較想在傍晚的典禮上得知。」

「啊，不好意思。不過外觀還是祕密嘛，應該沒問題……吧？」

「沒問題。我記得妳說過，武器的設計主題取自於我？」

「啊，嗯，是沒錯。不過我會設計一套成對的兩柄武器，並不是因為全盛期的提爾慣用二刀流這種單純的理由喔。」

「那妳從我身上取得什麼主題？」

「我想這應該保密吧。順帶一提，從提爾身上不只得到一個主題，而是兩個，你自己思考看看吧。」

「我懂了。」

「唯獨一件事我能明白告訴你，這對武器是我一心一意思念著提爾所打造的。因為那是為了天聖祭打造的武器，起初我一面想著天聖祭一面製作，但過程就是不順利。這時我改為專心想著提爾，於是造起來就變得非常順手，讓我深刻體會到自己真的很喜歡提爾。」

這樣毫不掩飾地對我表示好感，我實在很不習慣。

大概是年幼時人人避我唯恐不及的緣故，我總是容易起疑。

就算撇開這原因，還是害臊得難以接受。

「呃……妳說妳喜歡我，我是很高興啦，但我覺得莎拉小姐應該有更好的對象。」

「比提爾更好的對象，比方說是誰？」

「這我不曉得，但至少我不是好對象。因為我是惡魔。」

「你是指禁忌之子的話，我完全不介意喔。」

「不是啦。不是這樣……」

面對總是大方表明心中想法，甚至說出她喜歡我的莎拉小姐，我覺得自己應該要告訴她事實，在下一個瞬間說道：

「我好像有點墮落了。和普通的禁忌之子不一樣，來到能夠惡魔化的地步。」

「所以說？」

好像在說「那又怎樣」般，莎拉小姐無所謂地回應道。那應該是衝擊性的告白，但是她聽了卻沒有任何訝異，不假思索繼續說道：

「這種事根本就不重要。提爾就是提爾嘛。」

「但是我也曾經失控過……」

「是喔……那一定很難受吧。不過別擔心！到了那種時候，下一次我一定會為你搞定。雖然我完全想不到具體的解決辦法。」

「為什麼……能夠那麼簡單就接受？」

我滿心不可思議。

於是莎拉小姐彷彿根本不在乎般，挺胸說道：

「真是笨問題。當然是因為我喜歡提爾嘛。喜歡的人的一切我全部都能接受。看起來好像很難受，我就給你鼓勵。這不是理所當然嗎？」

「能夠把這種事講得像理所當然，我想這大概不太普通。」

「不太普通……真的？」

「是啊。往好的方向超乎常人，是位很有魅力的女性。」

「啊，不太普通是那種意思？原來不是在貶低我啊。」

「呃……照這個氣氛，怎麼可能是批評的意思。」

「嘻嘻嘻，說得也是喔。抱歉抱歉。」

莎拉小姐搔著後腦杓如此說完，大惑不解般歪過頭。

「但是這樣一來我很難理解耶，為什麼提爾口中這麼有魅力的女性，卻到了這個年紀還是單身啊？」

「話說回來，請問妳今年幾歲？」

「哇喔，問得這麼直？不可以喔，提爾這樣不應該喔。」

「對……對不起……」

「嗯~不上道的提爾應該需要一點懲罰吧？」

莎拉小姐說著的同時，笑得不懷好意。

剛才彼此之間那感性的氣氛已經不知消失到何處了。

究竟會有什麼懲罰降臨，讓我不由得提高警覺，但她接下來宣告的懲罰完全超出我的預料。

「很好，那就對提爾處以劍舞之刑！」

「咦？妳……妳說什麼？」

「劍舞之刑。在今天獻上武器的舞台上，用我造的那對雙劍表演劍舞。」

「不……不行吧，這根本不在活動的事先安排啊！」

「是沒錯。所以我會去強迫主辦方採用這個點子。應該沒問題。」

「請……請饒過我吧……我真的不太喜歡在眾人面前出鋒頭。」

「不～行。這可是我思念著提爾才造出的武器，難得有機會當然想看提爾親自使用的樣子。況且這是懲罰，提爾沒有拒絕的權利～嘻嘻嘻，遺憾之至。」

「唔，怎麼會……」

雖然我情緒落入低潮，但之後我轉念一想，拋開煩悶。有這特別機會親手揮舞名匠艾爾特．克萊恩斯打造的最新武器——只要這樣想，感覺倒也不差。

在我重新提起幹勁時，我看見教官自遠處朝著我靠近。看來我們已經自剛才分頭的地點繞了半圈，即將抵達預定的會合位置。

「奇怪？為什麼姊姊在這裡？」

不久後與我會合的教官，見面第一句話就是這麼問。哎，這也是正常反應吧。

「嗨～米亞，我正在休息。結果就在街上與提爾不期而遇了。」

「是喔。哎，理由隨便怎樣都好，但是不要打擾我們巡邏喔。」

「我知道啦。不過接下來我還要跟你們同行一段時間喔。」

「知道知道，這點小事我還能容忍。」

「那麼提爾，就在左擁右抱的狀態下巡邏吧？」

之後我被夾在教官與莎拉小姐之間，繼續四處巡邏。

「——然後啊～米亞居然哇哇大哭。」

「哦～原來還有過這段往事喔。」

並肩而行的過程中，莎拉小姐告訴我有關教官的往事。老實說我也希望能和莎拉小姐一起逛街上攤販，但很可惜我們正在巡邏。儘管如此，現在這樣還是能享受共度時光的樂趣，因此沒有任何悲觀的氣氛。

「姊姊，不要加油添醋。」

「咦～我又沒有，我只是照實說出來而已～」

教官對那些往事提出怨言，莎拉小姐毫不反省而隨口敷衍。這已經成了當下這兩人的相處模式。我也覺得這段時間很開心。

——但是……

不好的預感揮之不去，難道是我多疑了？

我總覺得在這段快樂時光的背後，正有某些不好的陰謀蠢蠢欲動。

天聖祭——大量的觀光客。

與我們擦肩而過的無數人之中，肯定暗藏某些危險。

如果我是惡魔方的幹部，絕對會趁著人潮湧入的這個機會有所行動。因為無論再怎麼提高戒備，人多到這個程度絕對會有漏洞。

光是憑著人數不太多的葬擊士粗略巡邏，肯定在各方面都有極限。不過這也是唯一的應付手段，算是沒辦法中的辦法。

如果「圓桌」派人鎮守此處，應該就能發揮對惡魔的抑止力。不過直接挑明了說，區區祭典的警備工作不可能派遣他們到場。

「圓桌」並非艾斯提爾德帝國獨自設立的機關。而是加上其他國家的葬擊士，萬中選一組成的精銳部隊。無法只為艾斯提爾德帝國的祭典就調動。

（……哎，老實說也只能祈禱什麼事都別發生。）

我的擔憂最後只是杞人憂天的話，那是最好的結果。

在我這麼想著的時候，天色漸漸轉暗了。這麼晚了，再不回去就糟糕了——莎拉小姐這麼說著，自我們面前離去。

之後我們的巡邏時間也差不多到了尾聲。不過單純只是巡邏結束，業務並非就此告終。主要節目即將在城前廣場上演，接下來我們要到該處負責警備。

我們走了一段時間來到城前廣場時，人潮已經擠滿此處。

圍繞著為了今天而特別搭建的特設舞台，大眾已經齊聚一堂。

「人多到很誇張呢……」

「這很正常吧。畢竟今天陛下和傳聞中的艾爾特・克萊恩斯要一同登台。」

教官有點洋洋得意。

人稱現代名匠，遠近馳名的鍛造工匠——艾爾特・克萊恩斯。

知道其真正身分的人，在場無數人之中恐怕只有我和教官吧。

「啊，是提爾耶。喂～！」

就在這時，我注意到夏洛涅正跑向我們。她好像和我們一樣，從傍晚開始被調到這邊進行戒備。

「我也在。」

突然有人聲從背後傳來，我這才發現艾爾莎就站在身後。神出鬼沒的感覺還是老樣子啊……

不只是我們，其他葬擊士也逐漸集結於城前廣場。陛下和艾爾特．克萊恩斯即將登台，重點性增加此處的警備人力也是當然的。

我這次身為警備人員，被部屬在較為特別的位置，因此便與教官等人分頭行動，盡早抵達了現場。

——位置就在舞台上。

陛下與莎拉小姐預定上台演出的舞台上。

據說陛下想讓最能夠信賴的人物在自己身旁擔任護衛，才會採取這樣的部屬。其中可能也包含了對蒼天樹褒章獲頒者的敬意吧。

現在的我和當初立於「圓桌」排行第一的我簡直無法比擬，儘管如此陛下還是願意對我寄予信賴，讓我十分感激。

話說回來，台下眾人對我的注目似乎有些過頭了。台上這位置本來就很惹眼了。不

時有人直盯著我瞧，還有高亢的女性聲援聲飛向我，這種反應讓我渾身不自在。

萬一劍舞的提議真的通過了，我就得在眾目睽睽之下舞劍吧。

唉，拜託饒了我吧……

我心裡這麼想著，同時掃視有無可疑人物躲藏在城前廣場。

但我沒見到可疑的人影，暫且鬆了一口氣。

不久後，輔佐皇家的人開始用設置在城前廣場各處的揚聲器向群眾廣播。那聲音宣告主節目開始。

在這瞬間，在舞台旁邊待命的宮廷樂團奏響莊嚴的樂曲。配合演奏的樂聲，艾拉巴斯陛下自舞台側邊為了向群眾致意而親自現身。

對那白髮的魁梧身影，群眾紛紛投以歡呼聲。

陛下揚起一隻手回應熱烈的歡呼。

陛下也對我使了一個眼神，我也行注目禮作為回應。

致意結束後，陛下在掌聲環繞之中暫且走下舞台。

在這之後，典禮常見的諸位大人物的禮貌性致詞接連進行。

在這些全部都告一段落之後——

『接下來，本日將由大名鼎鼎的「名匠」艾爾特·克萊恩斯大人——』

主持人的聲音響徹會場。

這瞬間，城前廣場中冒出了今天最熱烈的歡呼聲。

當然這樣的反應不值得訝異。

雖然一般大眾幾乎無緣享受艾爾特．克萊恩斯的鍛造技術帶來的恩惠，但因為陪伴頂尖葬擊士的武器都出自名匠之手的事實已廣為人知，因此大眾心中似乎普遍認為自身也間接受到艾爾特．克萊恩斯的保護，因此艾爾特．克萊恩斯也受到英雄般的待遇。

正因如此，場上氣氛萬分熱烈。舞台邊緣布幕搖曳，從中走出了一位身穿男性貴族服飾，臉戴面具的人物，在這瞬間群眾的興奮抵達了最高潮。

原來如此……似乎打算假扮男裝加上面具隱藏身分。

艾爾特．克萊恩斯——莎拉小姐的手中握著她口中所說的兩柄劍。就連一直旁觀製作過程的我，都未曾親眼見過最終完成的樣貌。

——那對雙劍形狀歪扭。

歪扭詭異的形狀，甚至讓人懷疑那是否能發揮身為劍的功用。

然而依舊美麗。

散發著令見者為之著迷，惹人注目的強烈魅力。

原本那樣嘈雜的城前廣場頓時鴉雀無聲，恐怕也是因為那對雙劍壓倒性的魅力令所有人都不由得倒抽一口氣吧。

——主題取自於我，莎拉小姐曾經這麼說，儘管我親眼目睹實物，但我還是無法想

像到底從我身上得到了什麼靈感。唯獨一件事我非常確定——這對雙劍絕對是無上的傑作。不須握在手中就能明白。

就在這時，走到台上的莎拉小姐在我面前停下腳步。隨後將手中的雙劍遞給我。面具的另一側傳出戲弄般的笑聲。

「好啦，提爾。舞劍的時間到嘍。」

啊，對喔……我不禁一陣煩躁。看來舞劍的提議被採用了。

主持人似乎早已接到通知，正將朝著城前廣場宣告接下來的舞劍表演。現場氣氛熱烈到超乎想像，歡聲震天。聲波的壓力猛然撲向我。

「看來大家都很期待呢。只能硬著頭皮上了吧？」

「……我會努力。」

我從莎拉小姐手中接過雙劍。

從這個瞬間——類似氣魄般的感覺傳到我身上。她說以我為主題，為我打造的這對武器。儘管現在將實物握在手中，我還是無法猜透她打造這對武器時，究竟想著我的哪些事。儘管如此，莎拉小姐灌注的心血彷彿滲入我的身體中。

既然握著這對武器，就不能心不甘情不願地舞劍。

擺爛般的表演，對莎拉小姐和這對雙劍都太過失禮。

而且還有滿心期待的觀眾們。

正因如此，我提振精神走向舞台的中央處。無數的視線齊聚一身，方才的喧囂已不復。為專心觀賞我的劍舞，群眾已經屏息以待。

我不感到緊張，手持雙劍擺出架式。

——舞劍。

當然我的流派並非自創。我的劍術也是以某個流派為骨幹。

帝國五大貴族之一，馬利亞庫德公爵家。

眾多葬擊士輩出的名門所經營的馬利亞庫德流二爪劍術道場。

若說教官鍛鍊了我的基本能力，那麼我的劍技就是在該處成形。

馬利亞庫德流二爪劍術至今當然依舊扎根於我身體每個角落。

「————」

我將從「壹式」開始依序擺出架勢。

為了就表演而言不至於丟人現眼，必須精密至分毫不差。

始自壹式，終於壹拾式的「基本之型」。

必殺劍技連綿不絕的「祕傳之型」。

最後是祕奧義「終之型」。

劍鋒疾馳，倏然止息。

——成功了。恐怕只是不到一分鐘的短暫時間，但其中應當凝聚了濃密的劍技菁華。

就在這瞬間。原本靜如止水的城前廣場突然間有如爆炸般沸騰了。到處都有人彈響指頭，拍手聲有如海嘯席捲全場。

——很棒喔～！——好帥氣！

這樣的感想與感激的聲音也飛向我。

我掃視著熱烈氣氛沸騰不止的會場，注意到教官也滿臉微笑，為我拍手。也許這才是最讓我高興的事。表演結束後，我將雙劍雙手奉還給莎拉小姐，回到警備人員的既定位置。

就在這時——

「——……」

我的意識，捕捉到了某種東西。

——異樣感。

——氣息。

悄悄逼近的……某種存在——

城前廣場上群眾依舊熱情澎派，但我的情緒正急速冷卻。

聲音離我遠去……

——取而代之撲向我的，是惡意的波動。

突然間感受到肉眼看不見的邪惡意志，我將視線轉向舞台的邊緣。

莎拉小姐佇立的位置。

那個原本應該沒有其他人的位置。然而——

「……！是誰！」

不知何時，人影已經出現在該處。

彷彿一開始就存在於那邊。

啪啪啪。那人影對我送出稀零的掌聲。

「嗨。」

那人影打趣般如此回應我的斥問。

以及即將西沉的夕陽為背景，以黑袍包住全身的那傢伙說：

「很棒的表演喔。但今天的目標不是你，用不著管你。」

那人對著我聳了聳肩後，轉身面對莎拉小姐。

「幸會幸會，艾爾特・克萊恩斯。」

語畢，那人影以黑影似的東西纏住了莎拉小姐的身體，束縛了她。

下一個瞬間，城前廣場騷動聲四起。

慘叫聲此起彼落。

在場的所有人都開始理解到，異常事態發生了。

「你……」

「我們又見面了啊，提爾・弗德奧特。真是久違了。」

黑袍人用那彷彿閒話家常的態度說道，同時扛起了無法動彈的莎拉小姐。莎拉小姐雖然不停掙扎，但雙手雙腳都被黑影綁住，變得有如蓑衣蟲般，因此使不上力氣抵抗。

「不好意思，艾爾特・克萊恩斯我就收下了。」

「別想得逞！」

「我覺得應該能成功就是了。」

我沒興趣和這個長舌的傢伙繼續鬥嘴。

我一個箭步衝上前去，揮拳毆向黑袍人。然而對方像是完全不打算與我正面交鋒，屢次跳躍移動到舞台的高聳柱子上。

「只管纏著我應該不太好喔。」

「什麼……？」

「自己看看那邊。」

黑袍人指向台下群眾。我也將視線轉向該處。

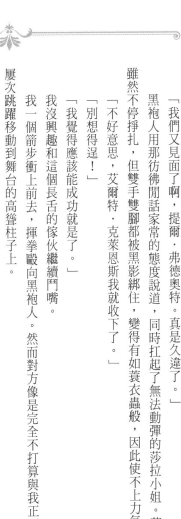

「——什麼……！」

無法置信的情景正等著我。群眾的一部分——惡魔化了。就有如之前的事件中，伽列夏諾成為阿迦里亞瑞普特的附身對象時，那樣驚悚駭人的變形。

在場的葬擊士們立刻開始應對突發狀況。教官、夏洛涅和艾爾莎也不例外，引導群眾避難的同時開始攻擊惡魔。

「你幹了什麼……？」

「這不重要吧。」

在高處如此回答後，黑袍人帶著莎拉小姐一同消失。

不……應該只是施展了借用惡魔力量的魔法消除身影而已。還是能感覺到氣息。

因此我追逐著那氣息，開始移動。城前廣場上的應對有其他葬擊士應該就足夠了。惡魔的數量也算不上多。

「——小提！」

在我追蹤黑袍人氣息的途中，發現教官正追在我身後。

「教官怎麼來了？」

「這還用問，我當然不能讓現在的小提獨自去追那種對手！況且我也擔心姊姊，我也一起去！」

「我明白了。」

如果黑袍人能夠施展魔法，現在的我獨自一人能否應付還很難說。

有人並肩作戰更為理想。

於是——我和教官兩人持續追蹤黑袍人的氣息。

原本繁華熱鬧的天聖祭，轉眼之間化為一片混沌。

第六章　光明會 Illuminati

「還真煩人耶。」

我們來到聽不見民眾混亂叫聲的郊外時，這句話聲響起。

沒有人蹤的雜木林之中。

我們在林中的開闊空間停下腳步時，黑袍人再度讓自己的身影顯現。莎拉小姐還是被扛在那傢伙的肩上。

「不希望我們窮追不捨的話，就放下艾爾特・克萊恩斯！」

教官義正嚴詞地說道。

黑袍人聽了聳肩回答：

「我不要。我不會放開艾爾特・克萊恩斯。」

「因為那就是你的目的？」

我問道。

「你從前陣子就潛伏在帝都內部，目的就是為了綁架艾爾特・克萊恩斯吧？但是你不知道艾爾特・克萊恩斯的真實身分，想綁架也無從下手的狀況持續了好一陣子。所以你就看準了今天那個場面下手。對吧？」

「你說呢？」

「擄走艾爾特．克萊恩斯有什麼用意？」

「我沒打算說。」

「從人類手中奪走最頂尖的武器鍛造師，藉此間接降低葬擊士的實力？」

「你從剛才就很會猜嘛。」

輕笑幾聲後，黑袍人突然將左手往前方舉起。

「——這種傢伙還是早點抹消最好。」

一個魔方陣在該處展開。

下一個瞬間，漆黑光束自魔方陣的中心射出。

我輕易地判讀光束軌道並閃躲，將身體與思路切換至戰鬥模式。

「小提，要上了喔！」

「是！」

語畢，我和教官同時全速奔馳。我對準了黑袍人首先揮出拳頭。雖然拳頭被對方躲過，但教官的槍劍緊接著噴出火光。

自槍口射出的子彈為了貫穿黑袍人而突擊，但黑袍人在千鈞一髮之際躲過，隨後將莎拉小姐當作盾牌般，在自己面前放下。

「果然會屈居劣勢啊。雖然我剛才話說得囂張，但看情況無法輕易抹殺你。那麼我就這麼辦吧——你們兩位聽我說，可以請你們立刻打道回府嗎？不然我就會在此殺害艾爾特．克萊恩斯。」

「你……！」

不理會進退兩難的我們，黑袍人打趣般繼續說道。

「雖然我比較想把人活著帶走，但就如同你剛才猜中的，只要能間接削弱你們的武力也算達成最起碼的目標。所以說啦，如果你們還要繼續動武的話，我就選擇直接殺死艾爾特．克萊恩斯。」

「你竟敢……」

我的質問聲因憤怒而顫抖。

「你為什麼……要站在惡魔那邊？」

「嗯？」

「不惜殺害和自己同族的人類也要和惡魔為伍，到底是為什麼！」

「我反倒想問你，執著於自己的出身有什麼意義？」

黑袍人不在乎地說道。

「我的確是人類沒錯。但是，我只是偶然間生為人類。也有可能是植物、也可能是動物。在那麼多的可能性之中，偶然間得到這條性命。拘泥於這種偶然有什麼意義？」

「不要光用一句偶然就撇清……」

「為什麼？」

「就只是偶然生為禁忌之子——你以為有多少孩子為此受苦！」

被人疏遠、痛苦哭泣、遭到凌虐。

如果光是這樣還算是好運——甚至有些孩子被當作動物的飼料，也曾有人試圖人工創造魔法而把人與惡魔的混血兒當作白老鼠做人體實驗。

在人類至上主義的全盛期，禁忌之子毫無人權可言。只因為黑袍人口中的偶然，一旦偶然生為禁忌之子，我們的人生就註定充滿痛苦。

偶然生為禁忌之子，必然遭遇悲慘——

所以，我過去全心全意祈求，希望自己能被當成人類看待。

「你……在愚弄我們。」

「哦？」

「明明正常生為純粹的人類，為什麼要背棄人類的身分……——我無法理解。」

眼窩深處開始發熱。不是覺得想哭，也不是悲傷。

憤怒支配了我——這就是前兆。

「小提，你的眼睛……」

教官訝異地說道。

眼睛發紅。

微微紅光。

有如在黑夜中搖曳的野獸目光，我的雙眼綻放著燐光——

開始綻放有如燃燒烈焰的燐光。

「哈哈，覺得癢嗎？惡魔之血與高昂的情緒互相呼應。」

黑袍人笑道。

我覺得，現在的我肯定能瞬間奪下那傢伙的首級。

趕在人質莎拉小姐受到傷害之前，就能殺掉對方。

惡魔之血開始活性化，力量回到體內。

然而我同時也覺得，一旦使用這份力量，我恐怕會惡魔化並失控。

「我很明白。你無法控制那份力量。一旦使用那力量，你連重要的人一起傷害的可能性並不是零。所以你無法攻擊。那壓倒性的壓力和殺意不過是紙老虎。」

「閉嘴……」

「要怎麼讓我閉嘴？不惜墮落也要攻擊我嗎？你真能辦到？明明有可能連這兩個人一併傷害喔。」

黑袍人毫不懷疑自己居於上風。

就在此時——

「提爾，不行喔。」

無法動彈的莎拉小姐如此呢喃。

「絕對不能被吞噬。不管再怎麼痛苦，都不可以輸給慾望。」

面具底下傳出略為模糊的說話聲後，莎拉小姐扭轉身子將她仍然抓在手中的雙劍投向我。那對雙劍像是刺進地面般，落在我和黑袍人的中間處。

「就用那個。雖然沒有根據，只要用那個——」

「不要輕舉妄動。」

黑袍人不知從何處取出匕首，抵在莎拉小姐的頸子旁。

「下次再亂來就殺了妳。你們兩個也一樣，誰亂動我就殺人。比方說拾起那對武器之類的。」

聽那傢伙這麼說，我——

「——」

選擇不理會他的命令。我只用了將一秒分割成碎片的剎那拔起那對雙劍，緊接著逼近黑袍人的面前——

揮劍。

用那對雙劍。

比黑袍人所有的反應速度更快。

飛馳。

「……！」

黑袍人急忙向後跳開。同時也捨棄了莎拉小姐。大概是判斷帶著莎拉小姐會讓自己反應不及吧。實際上這是正確選項。因為那傢伙捨棄了莎拉小姐，才得以躲過我的斬擊。

儘管如此結果我還是斬傷了對方的軀幹。黑袍的一部分出現裂口，傷口開始淌血。

「哎呀呀……」

然而黑袍人的態度依舊一派輕鬆。

「真沒想到你會使用那力量。太有自信小心會失控喔。」

「我不會失控。」

「為什麼這麼篤定？」

「因為這對雙劍不會讓我失控。」

莎拉小姐再三強調，這對造型歪扭的雙劍的主題取自於我。

打造這對武器時，心中時時掛念著我。

人類的我和惡魔的我。

我這時終於明白，這對武器象徵了繼承兩種血脈的我。

是人類但也是惡魔。

是惡魔但也是人類。

將此作為主題，最終自然而然形成了如此怪異的造型吧。

同時，武器終究要有使用者才叫武器。

雖然是慶典用的獻上品，但莎拉小姐打造時還是將給人使用作為前提。

因為主題取自於我，設計上的使用者就是我。

如果拿在其他人手中，這對形狀怪異的雙劍只不過是兩柄廢鐵。

但是在我握住這對雙劍的瞬間，這武器就會成為更勝傳說的名劍。

我認為，這正是「名匠」艾爾特·克萊恩斯的史上最高傑作。

因為切身感受到鍛造者的心意灌注於其中，那抑制我不至於失控。

為我維繫了人類的精神。

然而，在更進一步的領域——也就是在展開翅膀的惡魔化之後，我不知道是否同樣能藉此控制。

「也許我稍微小看你了啊。」

教官確保了莎拉小姐的人身安全的同時，黑袍人略感欣喜地說。

「這個嘛，就稍微修改預定計畫吧。最優先事項就從捕捉艾爾特·克萊恩斯改成殺害提爾·弗德奧特吧。」

「……什麼？」

「你實在太礙事了。雖然我原本不想用，但也沒辦法。」

這是我的絕技喔。黑袍人說完——

黑袍人將手中匕首刺進自己的腹部。

我大吃一驚，教官和莎拉小姐發出輕聲驚叫的同時，魔方陣像是以那傢伙為中心般展開——

『СДеЛаЙМеНЯсторожевЫМустроЙствомаДа.』

那傢伙說出了陌生的言語。

我感覺到某些不好的事捲起了詭異的氛圍——

在那件事發生之前，我已經衝上前去砍下黑袍人的頭顱。

然而——

「真可惜。」

和兜帽一起被斬斷，飛在半空中的頭顱愉快地如此說完——

（怎麼了……？）

緊接著，那傢伙腳底的魔方陣噴發大量的紫煙——

『我覺得用這個應該足以打倒你。』

有著三張醜陋臉龐與三片翅膀，黑色毛髮有如燃燒火焰般倒豎，一匹巨大的尖牙巨獸顯現於此。

「這該不會是……幻想級奇數翅種（Fantasm odds number）的……」

教官感到畏懼般呢喃，我則接著說完下半句。

「是的，是『地獄魔犬』……」

──幻想級奇數翅種。

一般認為只棲息於惡魔領域最深處的凶猛惡魔。

在那之中，地獄魔犬擁有凶暴且殘忍的力量，一般認為牠只要擁有智能就能名列極星一三將軍。

黑袍人用自己當作附身對象召喚地獄魔犬降臨──不，他將自身化為地獄魔犬。

壓倒性的存在感開始充斥周遭。只是與之對峙，那存在感帶來的壓力彷彿就要把我壓扁。彷彿只有此地的重力增加，我隱約感受到身體動作變得遲鈍。

我之明白那傢伙現在已經大幅強化。儘管如此──唯獨戰鬥一途。排除了逃走與敗北等等選項，我絕對會蹂躪眼前這傢伙……！

『難得都搬出了最終手段伺候你，盡可能給我多一點樂趣喔。』

像是更加確信勝利般，這句話響起的下一個瞬間──地獄魔犬直衝向我。牠甩動著三顆頭，近乎魯莽地朝我正面突擊。

「教官，莎拉小姐拜託妳了！」

語畢，我上前迎向牠的突擊。我並未閃躲，而是打算以雙劍招架後反擊，然而──

「咕……！」

我被撞飛了。整個人撞上樹幹，猛然咳出肺中所有的空氣。

趁著這破綻──

『這樣就結束了？』

地獄魔犬直衝而來。

我立刻吸入空氣並且踢向樹幹，飛身躍入半空中閃躲。緊接著扭轉身體，有如陀螺般迴旋的同時，利用墜落的力道對準地獄魔犬的背部出劍。

『太天真了！』

地獄魔犬彷彿看穿我的行動般挺起身子，以那凶惡的前腳橫掃把我彈開。我取回平衡並著地，再度衝上前去。以袈裟斬的架式砍向牠。若是下級或中極的惡魔，理應無法抵禦這一擊──

然而，牠以爪子擋下了雙劍的斬擊。我接二連三砍向牠，卻無法劈碎那堅硬的爪子，頂多只能刮出傷痕。

見我憤恨地嘖聲，地獄魔犬笑得嘶牙咧嘴，同時撐大了那張嘴。在那喉嚨深處看見數點火星，我在心中暗叫不妙──

『品嘗真正的地獄烈焰吧！』

地獄魔犬的三顆頭分別吐出了熾烈的火焰。那並非火球，有如光束般的火焰放射自體內一直線延伸向我，像是要把我徹底燒盡。

我揮舞著雙刀化解火焰的同時，沒有逃走而是向前逼近——由下往上斬。

砍下了中間那顆頭。

然而那傢伙犧牲了那顆頭，成功對我反擊。揮出的利爪深深刺進我的軀幹。

「小提……！」

守護著莎拉小姐的教官慘叫般呼喊。

我因為痛楚而表情扭曲，與對方拉開距離的同時——我清楚明白了。

現在這樣贏不了。頂多也就兩敗俱傷。雖然我並未小看對手，但我似乎太過高估現在的自己。雖然傷勢以驚人的速度不斷復原，但是既然欠缺決定性的手段，儘管有這治癒能力也只會漸趨下風。

若要奪得勝利，果然只能——

（王之力……）

只有——仰賴惡魔化一途。

但我真能控制嗎？

不，恐怕辦不到。

儘管有作為精神支柱的這對雙劍，還是沒有那麼簡單就能掌控。

（就算這樣——……）

現在這樣戰鬥下去，萬一我輸了，接下來目標就會轉向莎拉小姐。

教官想必會挺身阻擋，但是恐怕沒有勝算。

既然如此，只能由我防範於未然。

辦不到也要辦到。不成功便成仁。

所以我——

「——嘎啊……！」

我將力量集中在背部。為了捨棄身為人類的自己，墮落為惡魔。

但是，一定要控制住——我一定會控制自己！就像上次那樣，在失控之前的短時間內還能正常戰鬥吧！回想起當時的感覺啊……！

「嗚，咕……啊啊啊！」

有如臨死慘叫的吶喊聲自喉嚨深處衝出。痛苦。折磨。但我並未停止汲取力量——

隨後，我向這個世界大肆暴露惡魔的象徵、王的血脈。忽視我自身的質量，數量驚人的翅膀自背部伸展而舞動。

『哈哈，這還真是驚人……！』

三三三對——六六六片翅膀。

目睹這情景，那傢伙大笑。

也許是逞強，也許是無法理解彼此力量差距，我無法分辨。

又或者——單純只是享受這情境。

『但是，你真能控制那個？』

「我就……做給你看……！」

話雖如此，我卻快要被吞噬了。

腦海與思考逐漸染黑。

儘管如此……至少在我徹底墮落之前，唯獨眼前的威脅一定要由我親手——！

「喝啊！」

全速逼近。在無人能感知的一瞬之間，我鑽進地獄魔犬的下方。

在地獄魔犬的大腦發出閃避的命令之前，我已經全力揮出雙劍。

斬下剩餘的左邊頭顱，也砍飛右邊的頭顱。血液噴濺。地獄魔犬失去三顆頭，已經陷入了就生物而言只能停止活動的狀態。

『啊啊……啊啊……！啊哈哈哈哈哈哈！』

儘管如此，被我砍下的三顆頭顱各自發出了欣喜的說話聲。

『完全來不及反應！這就是惡魔與天使的……呵哈哈，真沒想到竟然如此強大……王啊，您的兒子看來還算順利啊……！』

砰！飛在半空中的頭顱應聲墜地——在這瞬間，地獄魔犬的身軀消失無蹤。質量縮減，作為附身對象的黑袍人再度現身。大概是由於地獄魔犬的生命已盡，附身對象也恢復為原本狀態吧。連砍掉的頭顱都恢復原狀。

「哎呀～你還真強。現在的我實在沒勝算。我可以逃跑嗎？」

「你以為，我會放你走……？」

「我不覺得，但我還是會逃走。不只綁架艾爾特・克萊恩斯以失敗收場，也沒成功殺死你，不過成功收集了有關你的情報。也算是滿足了。」

話一說完，那傢伙又讓身影透明化，但他的氣息我瞭若指掌。

別想逃走。非殺不可——我一面想著一面舉起雙劍，猛然逼近，一瞬間就追上身體透明化的黑袍人，就要給予致命一擊。

然而這個瞬間——

「啊咕……！」

心跳急促。停止步伐，痛苦掙扎。頭痛欲裂。黑影覆蓋腦海。這樣下去不行。快被淹沒了。黑暗撲向我。失控在即。要抵抗啊。然而那力量實在——……

「——嘎啊啊啊！」

心臟猛然強烈收縮的感覺傳來後，我明白自己腦海每個角落都被黑暗吞噬了。原本的自我被追趕到角落，彷彿有另一個人支配了我的感覺——

想找東西破壞。

破壞。

什麼都好，讓我破壞。

讓我殺。

不要逼我忍耐。

讓我攻陷。

讓我侵犯。

跪下。

啊，就從那邊戴面具的妳開始吧。從妳開始破壞吧。成為這對雙劍下的亡魂吧。

「哈哈，看來失控了啊。這下他會不分敵我隨便攻擊。接下來嘛，我就趁著空檔繼續撤退吧。」

有隻嘍囉似乎正在遠離，但就算了吧。

先斬殺那個分不清是男是女的面具人再說。

擺出架式，逼近，高舉雙劍。

戴著面具的人類待在原地，就連逃也不逃——

「提爾想做的事不是這樣吧？」

那人放聲這麼說。不值一提的話語異樣地擾亂我的思考。

「閉……閉嘴……」

「不可以輸掉喔。要是覺得難受，我會扶持著你，一起加油吧。」

「我叫妳閉嘴……！」

這個人類是危險要素。擾亂我的光芒之一。無法允許這傢伙繼續存在。我這麼認定，再度舉起雙刀的瞬間——

「小提。」

不知誰觸碰了我的手。

是個紅頭髮的女人。

看起來漂亮得很值得侵犯的那女人——……咕……思考紊亂。

這同樣是光。前陣子抑制了我的原初之……

「不……不准碰我……！」

感到畏懼般想要使勁甩開那傢伙，然而……無法甩開的宜人感受自該處傳來，治癒了我。

彷彿逐漸被淨化般的感受……這是……對喔，我……又……

「小提，敵人在那邊。」

教誨般的指示。

「我也會幫忙。聽說這對雙劍，同時也代表了我和小提喔。」

「教官……」

力量流入體內。

我感覺到燦爛光芒自教官流向我，中和了侵襲我的駭人黑暗。

王的翅膀依舊存在。

儘管如此，我依舊堅守著自我。

必須依賴著教官，還遠遠算不上真正掌控，但現在正是大好機會。

化為透明的黑袍人正逃離中。

我對那氣息的位置瞭若指掌，在教官的扶持下舉起雙劍。

她說這對雙劍不只是象徵了人類的我與惡魔的我，同時也代表了我和教官。

回想起來莎拉小姐似乎曾經提過，她以我為主題，在這對武器中暗藏了兩種不同的意義。看來她在打造武器時真的一心思念著我。而且還加上了她對教官的愛情，還真是體貼。感受到莎拉小姐對我的心意，我的狀態也更加安定。

教官與莎拉小姐——在兩道光芒的扶持下，我將現在這狀態獨有的魔力注入雙劍，意圖使出必殺一擊。教官也與我一同握劍。從那重疊的手掌感覺到莫大愛情的同時——

「要上了喔，教官。」

「嗯，結束這一切吧。」

語畢，我們同力揮劍。

揮出斬斷空間的斬擊。

「「——喝啊啊啊啊啊啊啊啊啊啊啊！」」

一同發出絞盡全力的吶喊。

揮劍。

將雙劍合併為一劍，注入魔力的全力一擊。

以袈裟斬的軌道揮出的那一擊，霸道地切斷了視野範圍內的一切。

劍刃顯然無法觸及的位置的草木也斷裂而飛舞。

並非斬擊力道向前飛出，而是斬斷了前方直線上的空間。

因此絕對無法閃躲。

在揮劍的瞬間，直線上一段距離內的所有事物都被一刀兩斷。

因此——

「哦……真有一手……」

在斬擊延長線上奔馳的黑袍人的身體被斜向裁斷，上半身沿著斷口滑落墜地。在挨了斬擊的瞬間，透明化大概也被強制解除了吧。

「小提，辛苦了。」

「嗯……」

疲勞感倏地湧現，有種翅膀一一凋落的感覺。

實際上，翅膀正從背部掉落。

果然我不只是無法真正控制惡魔化，也無法長時間使用。

雙眼的燐光也已黯淡，我恢復了平常的狀態。

「接下來……」

儘管如此，事情還沒結束。我提著雙劍，逼近黑袍人。

憑著強韌的生命力，那傢伙依然活著。

留下一道長長血跡，拖著外溢的五臟六腑，上半身向前爬行。

到了這地步黑袍的兜帽仍未褪去。哎，這種傢伙的身分我也沒興趣。

「何不放棄算了？」

「這我可辦不到……」

「既然這樣，我現在就讓你安息吧。」

儘管同樣是人類，憑著自己的意志與惡魔為伍又不懂反省的傢伙，只能排除。

「但在那之前先回答我。你究竟是什麼人？來自什麼組織？」

「『光明會』……」

黑袍人低聲說出了應是組織名稱的字眼，呵呵笑著。

「接下來的……就自己想吧。反正大概也到此為止了……」

黑袍人如此說完，彷彿仰望天空般抬頭。

就在下一個瞬間。

「——看來勉強趕上了啊。」

人聲——從天而降。

話語聲——自天上傳來。

我感到納悶而抬頭仰望天空的下一個瞬間——

「哎呀呀，缺損得還真嚴重呀。」

年幼的少女輕盈地從天而降。

我睜大了雙眼。少女那頭黑白相間的長髮隨風飛舞，身穿哥德風格的服裝，乍看之下只是位可愛的年幼女孩。

然而——長在額頭的兩根角，以及背上多達百片以上的翅膀，聲明她絕非人類。

換言之——是惡魔。而且翅膀數量比起上次覺醒復活的阿迦里亞瑞普特還要多，也就是說再怎麼低估肯定也是——極星一三將軍之一。

我因為突如其來的事態而驚慌，擺出架式。

雖然在這疲憊萬分的狀態實在找不到勝算……

不過，那乍看之下像個可愛女孩的惡魔將視線轉向我之後——

「且慢。我可沒有敵意。」

「這種話……無法相信。」

「是真的！況且我就只是來回收這傢伙罷了！」

如此說完，幼女惡魔將視線投向黑袍人的上半身與下半身。

「唔嗯！」

發出謎樣的吆喝。

黑袍人的上半身與下半身分別被吸進突然出現的魔方陣，消失無蹤。

「好啦，這樣就可以了吧。回收結束嘍。」

浮現成就感十足的表情後，那蘿莉惡魔仔細打量著我。

「唔嗯，原來如此啊。與我們的王的確有幾分神似。」

「……真的沒有敵意？」

「剛才不是說過沒有了？」

「妳是……什麼人？」

就算不問，我也已經心裡有底。

對照種類繁多的惡魔情報，這傢伙的身分——

「你問我？我是撒旦妮亞。」

果不其然，她如此自稱。

果然是極星一三將軍之一。

這種等級的惡魔竟然特地前來搭救……？

（……這黑袍人究竟是什麼身分？）

加上眼前這狀況，我不禁疑惑至極。

「哎，看在我的面子上，原諒這次的失態吧。」

「自以為了不起……」

「哼哼，實際上真的了不起啊。」

挺起平坦的胸脯如此說完，自稱撒旦妮亞的蘿莉（正確來說考慮到年齡應該遠遠超越老太婆之上）惡魔再度凝視著我。

「你的名字，用提爾稱呼就可以了嗎？」

「是沒錯……」

「原來如此。那麼提爾啊，這次的表現真是漂亮。你強悍的實力名不虛傳，我確實親眼見證了。」

「為何要稱讚……？」

「好身手當然值得稱讚。以前我家祖母就講過了。但也沒太多時間繼續閒話家常，我該走了。再會。」

我原以為她會如她所說的立刻離開——

但她突然把臉湊到我面前，伸出舌頭輕舔我臉頰上的傷口。

「嗚喔……！」

「唔嗯，不錯不錯。高貴的血果然美味。」

逕自如此說道，撒旦妮亞下一個瞬間便飛離此處。

到……到底是想幹嘛……哎，目前就先視作危機解除吧。

「小……小提……你沒事吧？」

因為撒旦妮亞的造訪太過突然，一直保持備戰狀態的教官這才放鬆戒備，來到我身旁。

「……她有對你怎樣嗎？」

「什……什麼也沒有……」

從教官的角度似乎看不見她舔了我。雖然不知為何，但我覺得這件事還是瞞著她比較好。

「是喔？那就好。」

「話說回來，教官有沒有受傷？莎拉小姐也沒事嗎？」

「我和姊姊都沒事。我才想問小提，沒事嗎？」

「只是輕傷而已。」

雖然疲勞但不礙事。衣服變得破破爛爛叫人有點在意罷了。

「來，穿上這個。」

這時莎拉小姐也來到我身旁，脫下上衣披在我身上。

「被你救了一命呢。謝謝你，提爾。還有，不好意思給你帶來麻煩了。」

她一面摘下面具一面這麼說，我搖頭回答沒這回事。

「請不要介意。反倒是我才該道歉，失控時對妳顯露殺意。」

「那個嘛，因為我信賴著你，我不覺得害怕。話說回來，惡魔之力還真厲害。簡直是壓倒性的勝利耶。這對雙劍能被提爾揮舞，一定也很高興吧。」

莎拉小姐微笑著打量我手中的雙劍，再度戴上面具。

「來吧，我們回去吧。應該讓大家都操心了。不只是天聖祭不曉得怎麼了，市區的狀況也讓人擔心。」

「說得也是。」

我點頭回應莎拉小姐這句話。我們決定返回市區。

我由衷覺得能夠救回莎拉小姐真是太好了。

話說回來，「光明會」究竟是什麼……？

為了能平安回家而放鬆的同時，對新謎團的危機意識也隨之萌生。

終章　環繞著營火

回到市區時，惡魔造成的騷動已經化解了。

突然出現的惡魔們似乎都是一般人因為不明原因被轉變為惡魔，但這些人奇蹟似的沒有造成任何傷亡，而且就像前些日子的伽列夏諾一樣，他們都在遭到討伐的同時身體重獲自由，甚至沒有任何人受傷。

於是——

雖然天聖祭一度中斷，但因為莎拉小姐——艾爾特．克萊恩斯也確定平安無事，經過短暫空檔後慶典也繼續進行。

由艾爾特．克萊恩斯將武器獻給艾拉巴斯殿下的儀式亦重新進行。

那武器自然就是那對雙劍，也就是我剛才實際用過的武器——

艾拉巴斯陛下對此一笑置之，還說提爾．弗德奧特為了拯救被擄走的艾爾特．克萊恩斯而實際使用，這對雙劍因此添增了額外價值，更配得上第四百屆天聖祭了。還將那對雙劍指定為國寶，將在國立博物館展示。

我起初覺得「精神支柱被搶走了……」而大受打擊，但又轉念一想認為不能太過於

依靠外物，決定不提出不必要的抗議。如果無法成長到不仰賴那對雙劍也能掌控惡魔之力，未來想必也是困難重重吧。

「——啊，等一下！那是我的烤魷魚耶！」

「誰教妳不快點吃。」

「我喜歡才留到最後的！笨蛋！」

話說回來，現在——

我再度置身於天聖祭的環繞中。巡邏戒備任務已經完全結束，現在來到自由時間。夏洛涅與艾爾莎也與我相同，現在兩人正在我眼前為了爭奪烤魷魚而吵鬧不休。真是有夠吵的。

我將視線自兩人身上挪開，眺望周遭。

太陽已完全西沉，來到夜間時分——

地點是城前廣場。在舞台上演出的主要節目已經大致結束，會場上的人潮也不若剛才那樣擁擠。

在這之後算得上節目的活動，大概就是圍繞著不久前開始搭建的營火堆，民眾參加民俗舞蹈的時間吧。以這個節目作結是天聖祭的慣例，這也代表本次慶典也差不多接近尾聲了。

「小提，我買了可麗餅來，要吃嗎？」

我發著呆的時候，同樣已經結束本日勤務的教官剛才因為肚子餓了而去逛小吃攤，褪下艾爾特．克萊恩斯裝扮的莎拉小姐也與教官一起回來，兩人的雙手中都提著數量不少的餐點。

「好的，我就不客氣了。」

背靠著附近的石牆，讓可麗餅的甜味洋溢口中。

雖然我和教官一同現身，但也許是夜色遮蔽我們的長相，並未引發騷動。我現在心情平靜到難以想像剛才歷經多麼危險的情境，悠然享受這段時光。

——這時。

「啊，聽見音樂了！」

夏洛涅雀躍地說。

回過神來，在城前廣場的角落處，小規模的宮廷樂團開始演奏節奏輕快的愉快樂曲。宣告民俗舞蹈的時間已經揭開序幕。

像是已經等候許久般，男女老幼紛紛圍繞在火堆旁。

基本上是兩人一組，仔細一看成對的年輕男女特別多。

這其實有其理由，也許該說是傳說或謠言吧，聽說在這時間手牽手一同跳舞就能締結永久的戀情，雖然只是沒有根據的謠傳，但有些當真的人或者只是想討個好兆頭的情侶，有滿高的比例會參加民俗舞蹈。

我……也想和教官一起跳舞，我並非沒有勇氣邀她，但總覺得害臊。

當我這麼想的時候——

「提爾，和我一起跳吧？」

說完，艾爾莎直逼向我。

「一起跳舞讓我們永浴愛河吧？之後要到床上繼續共舞也無妨。」

「我說妳啊……」

「給我等一下，那邊的變態女！妳真的一有機會就亂來耶！」

像是不允許艾爾莎偷跑，夏洛涅不服輸般連忙來到我身旁。

「吶……吶，提爾！不要選那個變態女，和我跳舞吧？」

「在和我跳之前，妳們兩個先一起跳如何？」

見了面總是吵架，乾脆趁這機會增進感情吧。

「為……為什麼我一定要和那種傢伙一起跳舞啊！」

「我也不要。」

「那我也永遠不會和妳們兩個跳舞。」

「「……！」」

聽了我這句話，夏洛涅與艾爾莎浮現大受打擊的表情，隨後對彼此互瞥一眼。

「為……為了往後著想……」

「只……只能跳舞了……」

她們兩個如此說完，滿臉厭惡地牽起彼此的手，朝著營火的周遭走去，不情不願地加入跳舞的眾人。我可沒想到她們真的會開始跳舞。

「那……那兩個孩子到底在幹嘛……」

難道她們其實有那種興趣……？教官似乎沒有特別注意我們的對話，產生了莫大的誤會。

「嗳，提爾，你知道這段民俗舞蹈時間的傳聞嗎？」

在這時，莎拉小姐來到我身旁。

「內容大概是，在這段時間手牽手一起跳舞的人就能永浴愛河。」

「我當然知道。」

「那提爾不去找米亞跳舞，真的好嗎？」

「這個嘛……」

我當然想跟教官跳舞。但是我開不了口。教官確實對我懷抱著好感，但那究竟是對異性的戀愛，還是對學生的關心，我分不清楚。

「真是草食系耶。」

莎拉小姐苦笑般如此說道，緊接著改對教官搭話。

「嗳，米亞。米亞當然也知道傳聞吧？不覺得想和提爾跳舞嗎？」

「咦？這……這個嘛，呃……該……該怎麼說才好呢……」

教官言詞閃爍試圖閃躲。

從這反應來看，教官也許果真是站在長輩的觀點在看我……

所以她也不打算參加這個情侶間增進感情的活動吧。

「唉～……你們兩個真是半斤八兩。」

莎拉小姐先是傻眼地大嘆一口氣——隨後突然攬住我的手臂，將她豐滿的胸部緊貼在我的手臂旁。突……突然想幹嘛……！

「嗯呵。既然米亞不打算跳舞，那麼當然莎拉姐姐就要把提爾帶走嘍。」

之前對我表明好感的莎拉小姐這下開始宣告要橫刀奪愛。

「不……不可以啦，姊姊！不可以！」

「為什麼不可以？既然妳不打算和提爾跳舞，我愛怎樣是我的自由吧？」

「我……我有！我想和小提跳……」

「哦？妳想喔？真的？」

在莎拉小姐的逼問下，教官先是露出遲疑的神色，隨後——

「——真的！」

她語氣強硬地說完，硬是把我從莎拉小姐身旁拖走。

「小提，我們走！」

「咦？啊……等……等等！」

米亞教官也許受了莎拉小姐激將法的影響，拖著我往營火方向快步走去。

「好啦，路上小心喔～」

明明我在她眼前被教官拖走，莎拉小姐卻露出滿臉微笑，爽朗地揮著手。

「我都好心退讓了，要好好把握啊。」

用那應該傳不到教官耳中的音量，如此呢喃說道。

也就是說……——原來是這樣。

莎拉小姐是為了逼教官有所行動，才故意表現出想與我跳舞的言行吧。

壓抑著對我的心情，扮演姊姊的身分，這個人……

（……真是笨拙啊。）

嘴巴上雖然說真心想搶奪我，到頭來還是將姊姊身分放在優先。

扮演討人厭的姊姊，讓教官從中得利。

如果手段更高明一點，想必還能提昇教官對她的好感吧，但是莎拉小姐這個人恐怕只懂這種方法。

既然如此，莎拉小姐不惜犧牲也為我準備的機會，我就盡全力好好把握吧。

「教官，不可以自暴自棄隨便亂跳喔。」

「咦？」

「請不要因為被莎拉小姐激了才和我跳舞，請正眼看著我，跳舞的對象不是莎拉小姐，是我喔。」

「我……我知道啦……我會只看著小提。」

來到營火附近的時候，教官神色突然變得嬌羞。突如其來這樣轉變態度，連我也不由得害羞起來。

經過一波三折——我們終於開始跳起笨拙的民俗舞蹈。

莎拉小姐在遠處愉快地笑著。

營火在附近發出啪滋聲響。

在這情境中，我與教官共舞。

我覺得這樣很幸福。

沒錯，這樣就很幸福了。

我不期待更多。

教官要怎麼看待我，其實無所謂。

不把我當作異性喜愛也無所謂。

被歸類為以前教過的重要學生也無所謂。

這樣也無所謂。

這樣就很夠了。

——希望我和教官能永遠在一起。

心中懷著這樣的願望，我想將今天當下的這一刻——

當作一輩子的寶物。

後記

居然出了第二集。我認為就和所有的輕小說一樣，這部系列作視銷售多寡也有可能成為一集就完結的過眼雲煙，因此能夠出第二集我真的非常高興。這一切都多虧了願意購買第一集的各位讀者。而且第一集也再版了，真的非常感謝各位。

關於第二集的內容，米亞的姊姊莎拉夏這位新的女角在本次故事中登場。莎拉夏並非原本構想中就存在的角色，因此在書寫時讓我費了些工夫。既然角色定位是米亞的姊姊，就有必要拿出更勝於米亞的姊姊氣場，但如果將身為大姊姊的魅力都凝聚在莎拉夏身上，米亞會因此相形失色。這部作品的女主角終究還是米亞，不能讓米亞因此失色，而且還要將不重複的大姊姊要素塞進這個角色中，這一點讓我頗費工夫。和責任編輯討論後屢次改動她的個性，最後決定寫成現在這個開朗有朝氣的感覺。不知各位讀者感覺如何？若您覺得比米亞更喜歡，那我也很開心；若您覺得還是米亞最好，那我同樣也開心。不，其實我是艾爾莎派的；沒這回事，我是夏洛涅派的；不行不行，我是路米娜派的。這些感想當然我也全部都歡迎。

順帶一提，身為作者寫起來最愉快的角色其實是艾爾莎。寫其他角色的時候，有時候每句台詞都得再三苦思「這樣真的好嗎？」，但是艾爾莎的台詞總是隨手拈來。應該是因為她的角色定位最為穩固吧。希望她日後繼續用那變態的言行舉止擾亂這部作品。

本次在第二集的寫作上，責任編輯同樣給了我許多建議。小林ちさと老師繼上次的第一集後再度為本書繪製美麗的插圖。第一集的第一波銷售量頗為亮眼，毫無疑問是多虧了老師的插圖。在此對編輯與老師一同致上謝意。

同時也非常感謝各位讀者陪伴本書來到第二集。

有沒有第三集，只有老天知道！

那麼希望有一天能再與各位相見。

神里大和

史上最強大魔王轉生為村民A 1~2 待續

Kadokawa Fantastic Novels

作者：下等妙人　插畫：水野早桜

動盪的勇者來襲！
破格的「魔王」大爺詮釋的校園英雄奇幻劇第二集登場

拉維爾學園的轉學生——席爾菲．美爾海芬，過去「勇者」莉迪亞率領之軍隊當中的重量級人物。她主張亞德就是「魔王」轉生體，監視著亞德，同一時間，校方收到逼迫校慶停辦的威脅信，亞德被迫處在謀略的漩渦當中，但他當然不可能屈服！

各 NT$220/HK$73

國家圖書館出版品預行編目(CIP)資料

讓愛撒嬌的大姊姊教官養我,是不是太超過了? / 神里大和作 ; 陳士晉譯. -- 初版. -- 臺北市 : 臺灣角川, 2020.06-

冊 ; 公分. -- (Kadokawa fantastic novels)

譯自 : 甘えてくる年上教官に養ってもらうのはやり過ぎですか?

ISBN 978-957-743-826-3(第2冊 : 平裝)

861.57 109005106

Kadokawa Fantastic Novels

讓愛撒嬌的大姊姊教官養我，是不是太超過了？ 2

（原著名：甘えてくる年上教官に養ってもらうのはやり過ぎですか？ 2）

2020年6月8日　初版第1刷發行

作　者：神里大和
插　畫：小林ちさと
譯　者：陳士晉

發行人：岩崎剛人
總經理：楊淑媄
資深總監：許嘉鴻
總編輯：蔡佩芬
主　編：朱哲成
美術設計：胡芳銘
印　務：李明修（主任）、張加恩（主任）、張凱棋

發行所：台灣角川股份有限公司
地　址：105台北市光復北路11巷44號5樓
電　話：（02）2747-2433
傳　真：（02）2747-2558
網　址：http://www.kadokawa.com.tw
劃撥帳戶：台灣角川股份有限公司
劃撥帳號：19487412
法律顧問：有澤法律事務所
製　版：巨茂科技印刷有限公司
ＩＳＢＮ：978-957-743-826-3